СУЧАСНА ЛІТЕРАТУРА

ПОЕЗІЯ, ПРОЗА, ПУБЛІЦИСТИКА

КАЯЛА

Олена МОРДОВІНА

О ПІВ НА СМЕРТЬ

Роман

Каяла
2023

УДК 821.161.2'06-312.4

А/з М79

Олена Мордовіна
А/з М79 — О пів на смерть. Київ: «ФОП Ретівов Тетяна», 2023.
184 с. — (Серія «Сучасна література / Поезія, проза, публіцистика»).

ISBN 978-617-8014-19-3

Дівчина опиняється у палаті психіатричної лікарні. Вона не може пригадати, як сюди потрапила і що саме сталося дорогою до Пітера, куди вона поїхала автостопом разом зі своїм приятелем. Можливо, ця подорож відбулася тільки в її уяві? Її друзі починають розслідування та з'ясовують обставини цієї історії.

Шорт-лист премії Олеся Ульяненка 2016 року.

УДК 821.161.2'06-312.4

ISBN 978-617-8014-19-3

Відчуття війни в час кінця історії

«О пів на смерть» Олени Мордовіної — роман-подорож. Це водночас опис мандрівки автостопом між Україною та Росією та наркотичного тріпу: що відбулося насправді, а що ввижалося героїні під впливом канабіноїдів та інших психоактивних речовин, читач може обрати для себе сам. І, напевне, це не матиме визначального сенсу, бо оповідь ведеться від імені пацієнтки Павлівки, легендарної київської психіатричної лікарні. За підтримки друзів вона намагається згадати, як там опинилась.

Події розгортаються в другій половині 1990-х, напередодні міленіуму. Освічена київська дівчина з сентиментом до панківської культури в компанії малознайомого приятеля мандрує до Санкт-Петербурга, міста тяжіння для десятків тисяч народжених в СРСР неформалів, романтиків та мудаків. І хоча пітерський критик Віктор Топоров визнавав за «культурною столицею» право називатися хіба «музейною», бо вона не народжувала насправді нових тенденцій, маринуючи та заквашуючи успадковане, запозичене й вкрадене, Петербург мав потужні принади для покоління Ікс: Ленінградський рок-клуб, достоєвщина, світової слави мистецькі шедеври, відчайдушний спосіб життя, розмаїття наркотичної сцени, особливий нігілістичний снобізм.

Стиль оповіді Мордовіної близький до потоку свідомості, що логічно для стану головної героїні. Але насправді це — потік спостережень та порівнянь. Спостереження за змінами погоди, будинками, деревами та іншими складовими пейзажу, за світлом, проживанням часу, фіксації тілесного дискомфорту або розслаблення нанизуються в намисто без початку й кінця.

Спостереження образні, проникливі, несподівані, за котрими ховається відмова від рефлексії, небажання вивчати і розуміти себе, потяг до екстремальної інтенсивності.

«Людина extra, людина ex, людина без статусу, без визначення, без опори, «not insane enough for the asylum, not criminal enough for the jail, not stable enough for society»*», — кредо протагоністки «О пів на смерть». Позиція, в котрій вона фіксує себе у світі, знайома мислячим представникам покоління, чий пубертат збігся з Чорнобильською аварією, юність — із зубожінням, крахом приписів та авторитетів радянського проєкту та узурпацією ресурсів і влади на його теренах учорашніми комсомольцями і бандитами. 90-ті, коли в свої двадцять із чимось ти вже хоронив однолітків, які загинули від передозу або в кримінальних розбірках, сприяли буквальному розумінню завіту Христа жити одним днем. Діти тих, чиї багаторічні накопичення «на книжках» радянського Ощадбанку згоріли в один день, підсвідомо донині поділяють принцип мордовінської мандрівниці: «Не треба думати про завтрашній день, коли ти людина, тому що ти, на відміну від мавпи, в будь-який момент можеш зміркувати, що робити».

«О пів на смерть» взагалі — твір, чутливий до реалій часу: лічильник у жовтому таксі, хатній телефон на серветці, кава з джезви в маленьких філіжанках, «портрет усміхненого шахтаря з донбасівського пекла» в газеті, персонаж, котрому «так і не вдалося отримати паспорт і він обходився довідкою». Текстом розсипані імена, знакові для відчувавших себе культурно просунутими представників генерації, на юність котрої прийшовся крах більшовицької імперії, разом із копалинами літературних авторитетів радянської інтелігенції: Вільям Ґолдінґ і Григорій Гурджієв, Джелло Біафра і Шрі Ауробіндо, Міккі Рурк і Нік Кейв, «кілька томів Бальзака та «Улісс» Джойса». Згадується і «Небо над Берліном», передивляючись котре сьогодні з подивом розумієш, що колись, ще ніби недавно, можливим було культове кіно без жорстокості, психологічних спекуляцій та соціального моралізму.

---

* Цитата з оповідання Фла́ннері О'Ко́ннор (англ. Mary Flannery O'Connor) — американської письменниці, творчість якої належала до літературного напрямку «південної готики».

Попри відсторонену, інколи навіть відморожену фіксацію того, що відбувається і про що йдеться, в романі відчувається особливе ставлення героїні до Києва. В ній місто відгукується ніжністю і красою. В золотому кольорі вона бачить «символ сьомого неба у Лаврських живописців», згадує цокання білок в Ботанічному саду, проживає «пастозне київське літо, написане густими щедрими мазками». Переважно стрьомні ситуації та асоціації раптом розпуджуються міським анекдотом про актора Миколу Яковченка. Сьогодні він увіковічений в бронзі — сидячи на лавці в сквері біля театру ім. Івана Франка. В 90-ті старожили театру розповідали мені, що там він любив, підійшовши до акторів-початківців, довірливо їм сповістити: «Бережіться, бо скоро буде облава». — «Яка облава?», — дивувалися молоді колеги. «Облава на блядєй!» — радісно відповідав Яковченко.

Не вдаючись до докладних замальовок, Олена Мордовіна вміє реплікою про краєвид зобразити й соціально-економічну реальність: «Чому індустріальні пейзажі швидше нагадують часи долюдського геологічного минулого, чому дух надлюдини дорівнює духу відсутності людини, що літає понад водами?»

Протягом всієї оповіді письменниці вдається підтримувати саспенс. Але, на відміну від роуд-муві її улюбленого режисера Грегга Аракі, небезпеки й підстави, що спіткають протагоністку роману, не проявляються чимось очевидно жахливим. Навіть коли воно стається, описання не дає відбутися адреналіновому сплеску у читача, натомість занурюючи його у стан безвиході та безнадії. Бідна і невибаглива, сонно-передбачувана повсякденність українських, білоруських, російських земель в уяві безглуздої київської юнки просякнута натяками на смерть, неминучу велику трагедію.

Сьогодні, в розпал російської війни проти України, перше десятиріччя по відновленню української незалежності ми починаємо бачити по-новому. Публіцист Дмитро Різниченко зауважує: «У 2000 рік, коли людство святкувало міленіум, у світі була тиша. Було дивне відчуття, що історія закінчилась. Світ із останньої великої війни, 1939-1945 років, прожив без масштабних трагедій більше ніж 70 років. За цей час накопичилась величезна кількість протиріч та внутрішньої агресії. Та величезна кількість танків та ракет. Тому конфлікти, які закладені зараз у світі, тільки починаються. І навіть якщо українська армія неймовірними зусиллями вийде на кордони 1991 року, вони не зупиняться. Занадто довго світ був без війни».

«Кінець історії» проголосив у однойменній книзі Френсіс Фукуяма після поразки СРСР в Холодній війні. Він, як і абсолютна більшість західних інтелектуалів, за поодинокими виключеннями, наприклад, в особі Збігнєва Бжезінського, за кровожерливістю більшовицького режиму не розгледів засадничої імперіалістичної сутності російської державності і культури. З погрому Києва основоположником майбутньої Московської держави Андрієм Боголюбським вона розвивалася за рахунок захоплення і пограбування чужих земель, сіяння розбрату, підваження сусідських кордонів. Побудована на праві сили та розумінні людини як холопа державної влади, Росія живилась війною і в роки навколо міленіуму.

Поки світ опікувався закінченням бійні між народами колишньої Югославії, Москва розгортала воєнні конфлікти в Придністров'ї, Абхазії, Чечні, широким верствам росіян у якості взірця був представлений соціопат-відморозок з кінострічки «Брат», а для публіки більш рафінованої Наталя Медведєва співала: «Так, смерть!»

Потяг до Пітера, як сакрального центру «великої культури», обернувся для героїні «О пів на смерть» катастрофою. В омріяній неформальній російській атмосфері вона отримує відчуття війни. Об'єктивована, сплюжена, використана — вона змушена наново збирати власну психіку й особистість. Це стан, в котрому мільйони українських громадян, зберігавших вірність російській культурі, опинилися після 24 лютого 2022 року.

Костянтин Дорошенко

1

Дехто вважає, що з пацієнтами лікарні для душевнохворих мають активно спілкуватися психіатри. Як у кіно: задушевні бесіди, атмосферна кімната з коштовними меблями, бездоганні міміка та мова, котрі зачаровують із перших хвилин прийому, спроби зрозуміти, що сталося і чому. Поки не бачила жодного. Втім, коли мене приймали, напевно, був черговий лікар. Якісь люди достеменно були. Мені здавався безглуздим цей арешт: темрява ночі, повсюди війна, саме так, суцільна війна і ніч, та дві величезні звірині туші, які навіщось тримають мене тут. Мене паралізував тваринний страх від усвідомлення тієї сили, що втілилася в цих тушах.

Слабко блимав вогник сірого приладу, схожого на трансформатор старого радянського телевізора, а сонний чоловік ставив запитання. Санітари вивертали мої руки, щоб знайти можливі сліди уколів на моїх венах. Потім самі щось укололи і прив'язали до ліжка в морзі. В усякому разі, перша палата в ту ніч здалася мені саме ним. На ліжках покоїлися трупи. Навряд чи санітарам вдалося би мене там залишити, якби не прив'язали: руки скрутили рушниками, а живіт здавили довгою тканиною. Чітко та швидко, не було можливості навіть ворухнутися.

Від першої палати завжди віє холодом. Не люблю ходити повз неї до їдальні. Мені й досі здається, що там сплять мерці.

Зараз перевели до п'ятої, тут пацієнти вже спокійніші. Процедури зроблені, мені сказали, що можна спати. Але я вважаю, найголовніше тут — не заснути, коли від тебе цього хочуть, бо дуже важливо пережити ніч, як у «Вії». Зранку тільки одне на думці: чи всі живі? Особливо я. Намагаюся не пити циклодол, бо якщо вже не позбавитися уколів — то хоча б пігулки можна швидко штовхнути язиком за ясна, а після виплюнути.

На підвіконні — засушені трави: хміль, деревій, хризантеми. Пацієнтки налагоджують побут, намагаються здаватися нормальними. Так повільно і тягнеться час, під скрип воріт за вікном, шурхотіння капців, шелест газет. Між дерев гойдаються мокрі білі простирадла, а сонце настільки яскраве, що відблиски на листі кривих яблунь здаються весняними квітами.

Стіни завтовшки з метр, склепінчасті стелі коридорів та похмурі картини — подарунки колишніх пацієнтів. Коли Врубель розписував Кирилівську церкву — йому позували пацієнти цієї лікарні. Цікаво, він приходив прямо сюди або їх випускали? Це старий корпус, можливо, тут він їх і малював, у кімнаті для побачень.

Мене сьогодні відведуть туди о п'ятій, Лері зателефонували. Наскільки можна зрозуміти, на першому допиті я дала їм її номер телефону, попри те, що в тому стані я насилу могла згадати власне ім'я.

Сонячна смуга повзе вибіленим простінком. Зараз четверта година дня, коли межа світла і тіні стане рівно у центрі — буде п'ята, а після світло переповзе у кут кімнати, і приміщення почне занурюватися у сутінки.

Кімнату для побачень я теж пам'ятаю з тієї ночі. Вона здавалася просто кліттю, жахливою кліттю, що світиться посеред війни і нескінченного мороку.

Зараз тут цілком комфортно, гуде маленький холодильник. Зейберман сидить біля вікна з якимсь хлопцем. Окрім них у кімнаті дві похмурі жінки, які про щось перешіптуються у кутку:

— Привіт! — я збентежено посміхаюся.

Валерка лізе цілуватися. Млосна, заспана, пахне бабусиним «Ноктюрном».

— Я, звичайно, багато чого від тебе чекала, — вона цокає язиком і киває на свого приятеля. — Це Женя, він з аспірантури.

— Ти теж часу не гаяла.

— Нічого особистого! Він допомагає мені зі звітом по практиці.

Леру Зейберман я не могла злякати своєю витівкою. Це була досить смілива дівчина, принаймні, у своїх зовнішніх проявах. Я звернула на неї увагу відразу ж на першій лекції. Сиділа з нею поруч і роздивлялася її, не соромлячись.

Її чітко окреслений рот та ніс із витонченою горбинкою, з якого вона постійно змахувала локони чорного, як смола, волосся. Його індигові відливи точнісінько, здавалося, повторювали примхливий

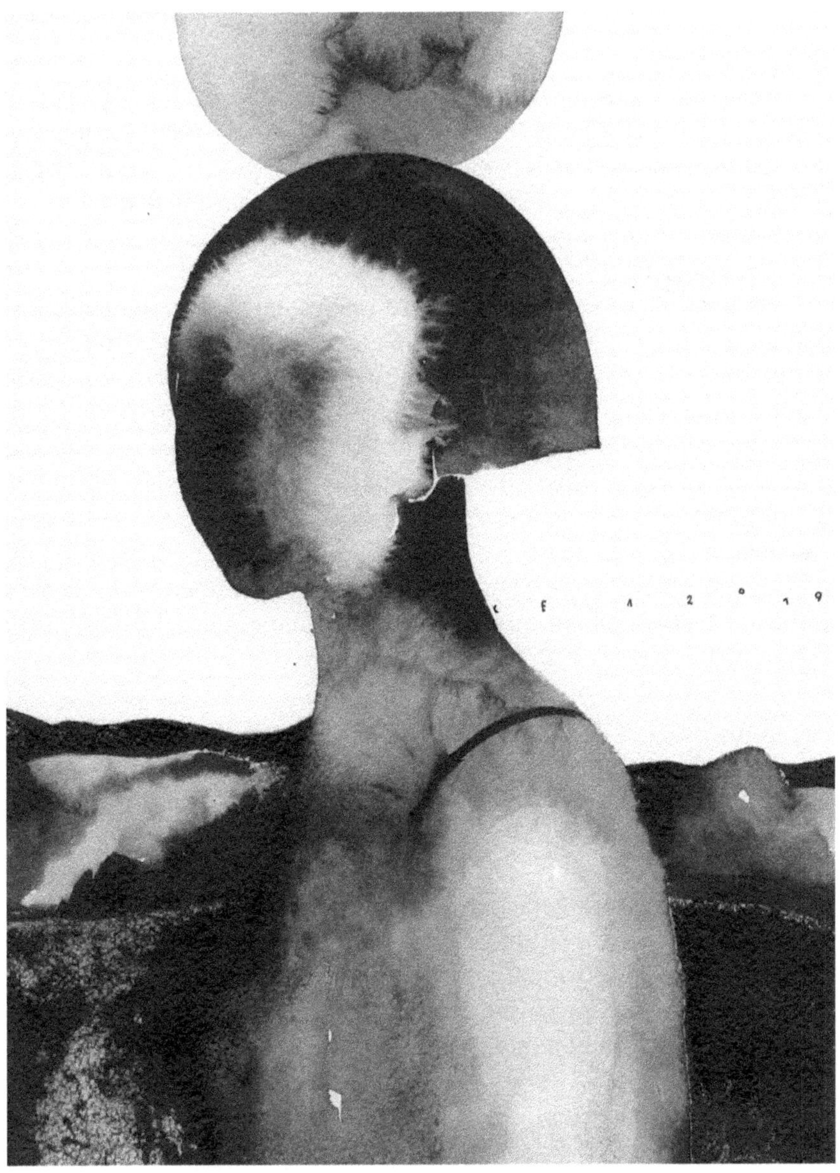

вигин губ, гідний обраниць самого Соломона. Червона сукня немов обволікала її виточену фігуру, і вся вона ніби сочилася тією істинною жіночністю, якої бракувало мені. Жіночністю, яку актор театру кабукі відточує десятиліттями, їй же вона була притаманна з народження.

При цьому жіночність її була виключно інтимною, не виривалася назовні, але вабила до себе, таємнича і тремтлива, як вогонь суботньої свічки. Єдине, що видавало її дівочу дурість — тату-колібрі в області декольте, над правою груддю, та два масивні срібні кільця — в мочці вуха і під самою дужкою — з'єднані ланцюжком, який вічно плутався зі смолянистим витим локоном.

Наприкінці вересня ми непомітно здружилися. Був День пам'яті Бабиного яру, студенти всіх факультетів збиралися біля мотозаводу і пішки тягнулися до парку. Накрапував дощ, ми з Леркою плентались в хвості процесії, ворушили ногами мокре листя, потім бродили навколо ярів по усипаним червоним піском доріжкам. Стебла пониклих дельфініумів мерзнули в білих гіпсових вазонах, про щось розповідав рабин у гучномовець, за ним — Вадим Рабинович. По мокрих багрових ягодах барбарису, схожих на згустки крові, повзли дощові краплі. Пізніше прямо на вулиці ми пили каву з теплих полістиролових стаканчиків. Телевишку через ранішній туман не було видно.

Вона щось запитує. Я дивлюся на слід від помади на її зубах.

— У що ти одягнена? Тобі одяг привезти?

— Тут усім таке видають. Котрих не родичі привозять.

— Ти подзвониш мамі?

Сьогодні вона одягнена у джинси та бійцівську майку, а її розкішне волосся стягнуте гумкою. Сидить, розкинувши по кріслу свої кінцівки, як розібрана лялька, причому нога її, перекинута через підлокітник, ритмічно погойдується. Здається, її поза дещо бентежить похмурих жінок у кутку.

— І як я їй подзвоню? У рейку? Я не маю її телефону. Вона змінила там вже третього чоловіка. Якщо тільки сама забажає зателефонувати раз на півроку, як завжди, запросити на канікули. Електронною поштою вона, напевно, не користується. В усякому разі, мені про це нічого невідомо.

Щиро кажучи, батько наполіг на моєму вступі до єврейського університету (треба відзначити його шляхетність, інший би на його місці став затятим антисемітом), щоб після другого курсу я могла перевестися до Хайфи та бути поряд із матір'ю. Вона залишила нас чотири роки тому, коли вийшла заміж за дантиста Шульмана і поїхала до Ізраїлю. Я навідріз відмовилася їхати з нею, та воно й на краще. Мене просто нудить від «Царя Давида» трирічної витримки та липких цукерок, які вона присилає мені на Песах.

Ці університетські футболки, пластикові тріскачки на Пурим та нудні фотографії, схожі на тиражовані листівки. В останній бандеролі вона прислала цукерки «Малюк Рут». Малюк Рут — відомий американський бейсболіст, а вона, напевно, подумала, що це «Крихітка Руфь» і в цьому є щось біблійне. Мерзенні липкі цукерки. This baby'll get you going!

— Спочатку я думала, що це знов наркотики, коли подзвонили і сказали звідки. Лікар запевнив, що ніяких наркотиків, але тоді я зовсім нічого не розумію. Женька повинен щось знати, він у Скока кандидатську пише.

— У Скока? Непогано! — я важко розмірковую. Розмовляти поки теж не дуже виходить.

— Так, але моєю спеціалізацією є нервово-м'язова фізіологія, — аспірант виправдовується перед Леркою, наче вони вже одружені багато років.

— Круто! І це все, що ти можеш сказати? — вона вичікувально дивиться на мене.

Я відвожу погляд. Спостерігаю, як стара жінка за вікном розбиває підбором волоський горіх.

— То вони що, не брали ніяких аналізів? Нічого? Отак запитали і все?

— Уяви собі. Але згини ліктів таки перевірили, ну про всяк випадок.

— Авжеж! — повторила вона задумливо. — І як ми з цього вибиратимемося?

— Випустять. Я ж не хвора, врешті-решт.

Яскравий промінь сонця доповз до кута, де сиділи похмурі жінки. Я й не помітила, як до них приєдналася дівчина з сусідньої палати, на яку завжди боляче дивитися. В ній є щось від хлєбниковської Мави або гоголівської панночки. Пухка, кароока, в чорному спортивному костюмі. Зараз, поклавши руки на зошит, вона повільно вимовляє: «Я назавжди зрікаюся своїх віршів». Жінки хрестяться і шепочуть.

Лерка теж на неї дивиться.

— Тут тиждень посидіти — будь-яка людина хворою стане. А така дурна, як ти...

Я слабо запротестувала.

— А як тебе ще назвати? Та й оці теж. Кінець двадцятого століття, а вони на наркотики перевіряють, роздивляючись сліди від уколів у згині ліктя. От потвори!

— Лер, тихіше. Наступного разу нас сюди не пустять, — аспірант присунув стілець до мене:

— Тобі потрібно згадати усе детально, в усіх подробицях. Із самого початку, з тієї миті, яку ти виразно пам'ятаєш.

— Ну звісно, зрозуміти це складно, — Лера закотила очі під лоба. — Ми зараз вже підемо. Що тобі наступного разу принести?

— Щось почитати. Коена принесіть, «Улюблену гру» я вже читала, можете знайти щось інше?

— Жень, запам'ятовуй. Леонард Коен, все, окрім «Улюбленої гри».

На самому початку літа, виснажена самотністю, голодом (залишився тільки мате, рис і пачка лаврового листа), нічними грозами і пильнуванням над мокрим, залитим світлом прожекторів плацом, я почвалала до Зейберман. Я вже декілька днів не їла хліба, і сили майже покинули мене, поки я дійшла до її будинку через дюжину кварталів по нестерпній спеці. Пробираючись до її кімнати, я зіткнулася з абсолютно голою старою, яка брела через коридор із кімнати в кухню.

— Я ж казала, бабусю, не ходи голою по всій квартирі, має бути соромно — у нас гості, врешті-решт, — Лера волала так, що, здавалося, зараз задзвенить скло.

— Припини кричати, дитино, бабусі жарко, бабуся не може ходити вічно одягнена в таку спеку. Проходьте, Сашенька, проходьте. Мені незручно перед людьми, Леро,— ти так кричиш на бабусю. Що вони можуть про нас подумати? Сашенька, ви сьогодні щось їли?

Її мама була славною жінкою — вона завжди пам'ятала про всі подробиці мого життя і ставила дуже потрібні питання.

— А що ви сьогодні їли? — вона втупилася на мене своїми уважними круглими очима.

Збрехати було неможливо.

— Давайте я принесу вам супчику.

Буквально за два дні до того я читала про це у Коена: «А що ви сьогодні їли?». Всі єврейські мами однакові — й завжди ставлять ті ж самі питання. Я вмостилася на Лерчиній тахті, застеленій картатою ковдрою, розчинилася в їхніх голосах, у цій неймовірній кількості меблів, які, здається, тут ніколи не викидали (у невеликій кімнаті скупчилися вже три ліжка, а зайві стільці були складені на шафі), у стінах і дверях, оббитих килимами, задрапованих фіранками.

Прямо на килимах висіли фотографії Лерчиної мами в студентські роки — кремезна вольова дівчина з великим носом і в таких саме окулярах, що й зараз. Вони сиділи з подружкою, схиливши одна до однієї голови — сильні післявоєнні комсомолки з м'ясистими тілами та міцною психікою.

Заздрю тому, від чого завжди тікала — завжди хотіла бути субтильною психопаткою.

Доки ми обідали, Лерчина мама все розпитувала, як я справляюся без тата, і казала, що мені тепер треба бути розсудливою дитинкою. Потім вона перевдягнулася в сукню і прийшла знову:

— Як ви вважаєте, Сашенько, чи варто мені її вкоротити, а то вона здається мені дуже довгою?

Я відповідала їй радісно і якось надзвичайно жваво.

— Ви дійсно так вважаєте?

— Мамо, йди звідси геть! Дай нам поїсти, нарешті!

Мама образилася і пішла, та більше не з'являлася. А після цього, коли Лєра відносила посуд, я чула, як вони голосно сперечалися в коридорі.

— Навіщо, питається, потрібно було топити цих котенят? Заважали вони тобі? І чому у відрі, де я мию підлогу?

До мене ластилася Нюська, котра знов була готова завагітніти. Я скинула її з колін.

За Лерою заїхав приятель, і вони відвезли мене додому.

Тепер Лера дивилася на мене й чекала, коли я ще щось скажу.

— Добре. Смачненького чогось принести?

— Сік. Мені тут нічого не хочеться, крім соку. Я вас не дуже напружую?

— Бещ-щ-щенко, ти одуріла, такі питання ставити? Ключі від хати в тебе?

— Здала комендантові перед від'їздом.

— А він нас пустить? Давай, ти записку напишеш? Потрібен же ж тобі якийсь одяг?

— Навряд чи вас навіть на КПП пустять. Хіба тільки через паркан. Там, не доходячи до КПП, за гаражами є місце, де можна через паркан перелізти.

Того зимового вечора, коли ми розлучилися з Богданом, я поверталася, ледве пересуваючи ноги. У мене вимагав пропуск солдат із погано вилікуваною заячою губою, не вірив, що я його забула і що взагалі тут живу. Мені нема чого було йому відповісти. Чому я намагаюся проникнути вночі на територію? Що я могла йому пояснити?

Що ми до ночі стояли біля каси кінотеатру та дивилися один одному в очі — непотрібні й порожні?

Гра скінчена. Чергова гра, в якій він майстерно відіграв свою роль, була для мене всім. Черговий офсайд. Вулиця курилася димом, що спалахував разом з неоновими буквами червоним та синім кольором, ляскали двері автомобілів, що під'їжджали до дверей, про щось довго розповідала блондинка, притиснувши телефон до бічного фасаду величезної пишної зачіски, потім дівчина зникла, зникли й люди, що чекали на сеанс. А ми все дивилися один одному в очі, і вже нічого в них не змінювалося, ані єдиного проблиску. Біля відкритого ресторану навпроти шипів фонтан, автомобілі снували, приголомшуючи ревом перехожих. Блимали вогні реклами. Пиво «Стела Артуа» — найшляхетніше пиво всіх часів. Згущувалися сутінки над містом і кілька разів бив годинник, а ми все стояли й дивилися один одному у вічі. Мене проводжали голоси, що лунали з відкритих вікон консерваторії, нескінченний звук віолончелі, пронизливий вечір — і випадковий солодкий мигдалевий запах тієї пані, що промайнула назустріч.

— Я тобі краще зі свого щось підшукаю. Тут хоча б мені твій одяг віддадуть? Тебе взагалі в одязі сюди привезли?

— Так, звичайно… напевно.

— А звідки, де тебе знайшли взагалі?

— Взагалі я в Пітері була. Не знаю, як я знову тут опинилася.

— Точно в Пітері? Може, ти зі своїми друзями десь на Солом'янці задвинулася, і тобі здалося, що ти в Пітері?

— Я пам'ятаю, як їхала. Все пам'ятаю. Ну, майже.

Сама дійшла до палати, мені довіряють. Мавку відводили санітари. Треба чимось зайняти час до вечірніх процедур. Намагатися щось згадати або слухати, про що балакають санітарки? Терпіти не можу фальшивих гібіскусів на стінах. Зейберман наступного разу щось принесе поїсти, проте я просила тільки сік. Вона любить готувати, краще за все у неї виходять груші в білому вині, але мені було б соромно уплітати їх перед голодною дівчиною Штуцер. До неї ніхто не приходить. Тут ніхто нікого не пригощає.

Чую, як привезли новеньку. Санітарки волочать її по коридору до першої палати, перекрикуючи одна одну.

— Не хочу! — кричить вона.

— А чого ти хочеш? Чого? Корабля з матросами?

Мені видали якийсь сірий запраний рушник. Гаразд, і такий згодиться. Хотіла ще Лерці сказати, щоб привезла нормальний. Хоча, може вона й сама здогадається, але зараз мені потрібен душ.

Металеві двері, що голосно гримлять, та блідий кахель, весь у подряпинах. Я переступаю на піддон душової і вмикаю воду, моє відображення мигтить в стулці далекої шафи та дзеркалі, ромбом підвішеному прямо до віконної палітурки.

Не люблю казенні душові, відчай у них множиться в десятки разів.

Я знаю, як довго можна сидіти в казармовій душовій, притулившись потилицею до липкої стіни і кам'яніти від безвиході, не маючи можливості навіть плакати: дивитися, як стікають звивисті струмочки до ґратчастої діри в мерзотній іржавій підлозі, слухати, як здригаються від виття труби.

Тієї зими, одного похмурого дня, коли я здала комендантові ключ від душової, виявилося, що пройшло вже три години. Комендант і його дружина жаліють мене. У них є маленька собачка, котру вони вигулюють, застібнувши навхрест у перешиту офіцерську портупею. Дітей у них нема, можливо, саме тому вони жаліють мене. Батько живе вдома рідко, зараз він на льотному полігоні, напевно, з коханкою, так буде до осені, а потім знов кудись поїде. За його зовнішнім виглядом ніколи не можна ні про що здогадуватися, він — абсолютно безтрепетна людина. Одного разу його літак падав у тундрі. Вони померли ще під час падіння — так він мені розповідав, і зрозуміли, що живі, лише після того, як літак упав у болото. У льотчиків були унти та зброя: вони змогли два тижні годуватися в тундрі. Унти, втім, мало допомогли — ноги в нього так і залишилися обмороженими, але смерть він пережити зміг…

По коридору з одного боку в інший прогулюються дві мишоподібні подружки, вони читають молитвослов і шикають на тих, хто розмовляє голосно. Я теж стала прогулюватися назад-вперед коридором, рахуючи кроки. Але це заспокоює зовсім ненадовго. Видужуючі сидять біля низького столика та розмовляють про музику, за їх розмовою стежить неосяжних форм стара жінка в білому халаті. Вже близько десятої години вечора, у відділенні залишилися тільки хворі й санітарки.

У палаті настає повна тиша. Дівчина на прізвище Штуцер не може ковтати пігулки, вона ретельно, з хрускотом, їх пережовує, і тільки після цього запиває водою.

Гасимо світло рано, щоб не летіли комарі, санітарки відчиняють кватирки.

Кричить новоприбула, чіткі й гучні уривисті слова долітають навіть із далекої палати.

— Ти теж тут через пісні? — запитує Штуцер, яку ось-ось мають виписати. — Я весь час побоююся, що в мене знов почнеться, і мене вже не випишуть ніколи.

2

Літо невблаганно наближалося до несвіжої зрілості, ботанічна практика першого курсу мала початися в понеділок. А в суботу я прокинулася на підлозі, загорнута в смушковий кожух. Прокинулася в сльозах, ступні були крижаними напомацки, поряд зі мною на підлозі стояв холодний чай. Нагрянула остання стадія розпаду, треба було здригнутися і просто поїхати. Цілком відповідно до жіночої логіки я вирішила поїхати у напрямі, протилежнім тому, в якому полетів він, але так само далеко.

Він полетів до Анкари, коли стояли ще водохресні морози. Попросив мене не засмучуватися, зібрав свої речі, зняв з мотузка рушник, сизі підштаники і відлетів. Я побачила квиток на літак і майже не могла спілкуватися з ним. Коли у людини квиток на літак, його самого вже тут немає, присутнє тільки голографічне зображення. Тому ченці такі сюрреалістичні.

Пронизливе синє небо дзвеніло в ті дні. Дивовижна паморозь, схожа на візерунчастий лебединий пух, дивувала місто. Ми сиділи в барі, в «Ребеці», й читали газету, в яку мій ненаглядний загорнув квитки турецької авіакомпанії. Будівельники підняли краном у небо купу жовтої цеглини. Білі гілки креслили завитки на рудому ліхтарі.

Температура в Анкарі п'ять градусів вище нуля, а я все запитувала, чи заведе він собі мавпочку.

Ми цілий тиждень бродили зимовим містом, дивилися у вітрини магазинів, банківські й ресторанні акваріуми.

Я навіть пам'ятаю день на фестивалі, коли сестрички Ільменські розповіли йому про французьку студію в Анкарі, загорілі й наливні, мов персики. Він не розрізняв навіть хто з них хто, але напевно вже тоді завів із кожною інтрижку.

Ми зайшли на поштамт, і нас майже збив із ніг запах сургучу. Він хотів відправити горілку якомусь хлопцю з Айдахо, з яким їх звело в Празі, але в Штати, згідно з інструкцією, виданою нам ввічливим службовцем, заборонено посилати алкоголь, так само як і невстановленого зразка трави й засушених комах.

У суботу зранку паморозь покидала самі вершини пірамідальних тополь. Біля Оперного, там, де знесли будинок, ми знайшли акуратну вивіску: «Тут буде канцелярія німецького посольства», — і дуже виразного орла.

— Історія ще не закінчена. Як не дивно, навіть таке може повернутися.

Я чула лише відлуння: «Може, повернутися... може, повернутися...».

Він зайшов на Терещенківську попрощатися з Кирилом. Сказав, що при першій же нагоді відвідає з екскурсією древні хетські землі.

— Це якраз у тих місцях, де зараз курди виборюють незалежність, тому радив би тобі цікавитися хетськими землями виключно в стінах стамбульського музею.

А потім він відлетів, мріючи про фісташкову халву в очікуванні рейсу, а я малювала його портрет на бланку митної декларації.

Ці сестри Ільменські дуже схожі: замість носа в кожної ніби клиночок, вбитий між брів. Я з міркувань ввічливості допитувалася, хто з них зняв «Уікенд», а хто «Кавову гущу», вони показали, але я все одно не розрізняла.

Ми сиділи в шестикутній загородці центрального терміналу, снідали, мої вилиці зводило від майбутньої розлуки.

За день до цього він не дуже добре обійшовся зі знахабнілим перекупником анаші, одним із дванадцяти фінських ді-джеїв, відомих у місті. Той просив його купити п'ять стаканів у солом'янських бандитів і виділив для цього певну суму. Звичайно, Бодя взяв гроші й назавтра безтурботно відлетів із ними в Анкару, благо за квиток сплатила студія. Це була давно спланована помста: колись цей фінський ді-джей продав йому за чималі гроші дуже погану траву.

У Києві зовсім не залишилося кав'ярень, їх можна було перерахувати на пальцях. Ми бродили весь вечір, і нарешті знайшли одну на Подолі, за будівлею старої поштової станції.

У напівтемряві на чорних стінах танцювали намальовані білою фарбою боги інків. Вони були виконані дуже прискіпливо, а на ліхтарях, вбудованих у стіну, ставали багровими й сміялися. Ми роздяглися і сіли, дівчина запалила на столику свічу. Богдан раптом схопився, ніби ошпарений, і сказав, що нам треба негайно звідси піти. Він помітив на серветці назву кав'ярні, і виявилося, що якимось дивом ми поцілили точно в улюблене місце тих самих фінських ді-джеїв. До Верхнього міста він із побоювання повертатися не хотів, а весь Поділ у пошуках затишної кав'ярні ми вже обійшли. Довелося задовольнятися приземкуватим дорожнім ресторанчиком Макдональда, що біля набережної. Розташувавшись біля монгольф'єра з плетеним кошиком, ми пили какао, яке подають тут під виглядом гарячого шоколаду, і вели безглузду розмову про вологі тропічні ліси, занапащені гамбургерами. Я бачила крізь його відображення Дніпро та прапори, що майоріли під світлом ліхтаря, а він бачив крізь мене ґрати й дівчину, яка куталася в бабусин светр, тремтячи від холоду на східцях.

Маленька бориспільська квіткарка, яка продавала іриси та орхідеї за гранями скляного шестикутника, була набагато щасливішою за мене. Я тримала його за руку і спостерігала за нею з-поза скла.

У цьому сум'ятному описі я зовсім не хотіла зануритися в нетрі любовних страждань, щоб якимось чином задовольнити свої мазохістські схильності, мені б хотілося просто… що? Захєр, Мазох? — хотілося б мені запитати батька-засновника, — навіщо, Герасиме? Але сутінки давно вже згустилися над богами минулого. Всі вони були студентами театрального — і Богдан, і Ольховський, і Енді. Втім, Богдан на той час вже кинув інститут. Учився він на режисера-мультиплікатора, але в любові до театру були особливі переваги.

Одного разу біля театру Франка ми зустріли жінку. Богдан упізнав її, вона його також. Між ними відбулася якась незрозуміла розмова, після чого моєму коханому треба було дещо прояснити. Колись давно, в день чергової прем'єри або, скажімо, гастролей МХАТу, вдягнувшись у свій кращий костюм, Богдан підходив до театру Франка і, помітивши відповідну пані у призивній стійці, поетичну і стомлену самотністю, тривожно так запитував, чи немає в неї зайвого квиточка. Вона, начебто, чекала на подругу, котра, звичайно ж, не приходила. Студент галантно демонстрував пані свій гаманець, під приводом того, щоб заплатити за квиток. Пані неодмінно відмовлялася, в театрі він пригощав її шампанським і бутербродом із червоною ікрою, після чого вона, зазвичай, запрошувала його зайти на філіжанку кави. Він, природно, затримувався у неї на нічку, другу, і так до тих пір, поки вона, нарешті, не давала йому грошей на таксі…

Вечорами всі «театрали» збиралися в «Ребеці», туди ж підтягувалися і дешеві повії, доступні навіть студентам, при цьому страшні всі інтелектуалки й сперечальниці. З типовим зразком такої я познайомилася першого ж дня, як ми заїхали туди, до Хамеля, забрати стакан плану. Хамель працював тут барменом і одночасно наглядав за повіями, а біля входу в «Ребеку» завжди чергував таксист. Щойно ми спустилися, як на нас накинувся слинявий радісний Джой — хамелевський боксер — красень і симпатяга на зразок самого Хамеля, тільки напрочуд щирий, чого не можна було сказати про його хазяїна. Поки Богдан розмовляв за стійкою з Хамелем, до мене підсіла вона і, кутаючись у шаль, почала мене розхвалювати і запитувати, ким я доводжуся Бодику. Потім вона плакалася мені на свою долю, розповідала, що ось вже п'ятий рік вступатиме до театрального, що зараз вона готується і підбирає уривок з французької літератури.

— Ось послухай… «Так, мене, хто так полюбляв сидіти на берегах Тибра в Римі, а в Барселоні сотні разів прогулюватись туди й сюди бульваром Рамблас, — вона читала уривок з Сартра, — ...тепер існую в тому ж часі, що й оці гравці в манілью, і слухаю...»

— Жанка, лярво, стрибай у машину, зараз виїжджаємо, — покликали її з вулиці.

— Ви їх пробачте, вони такі грубіяни. До зустрічі!

Я посміхнулася їй, намагаючись, щоб у моїй посмішці не прослизнуло співчуття — мені було дуже шкода її. Тональний

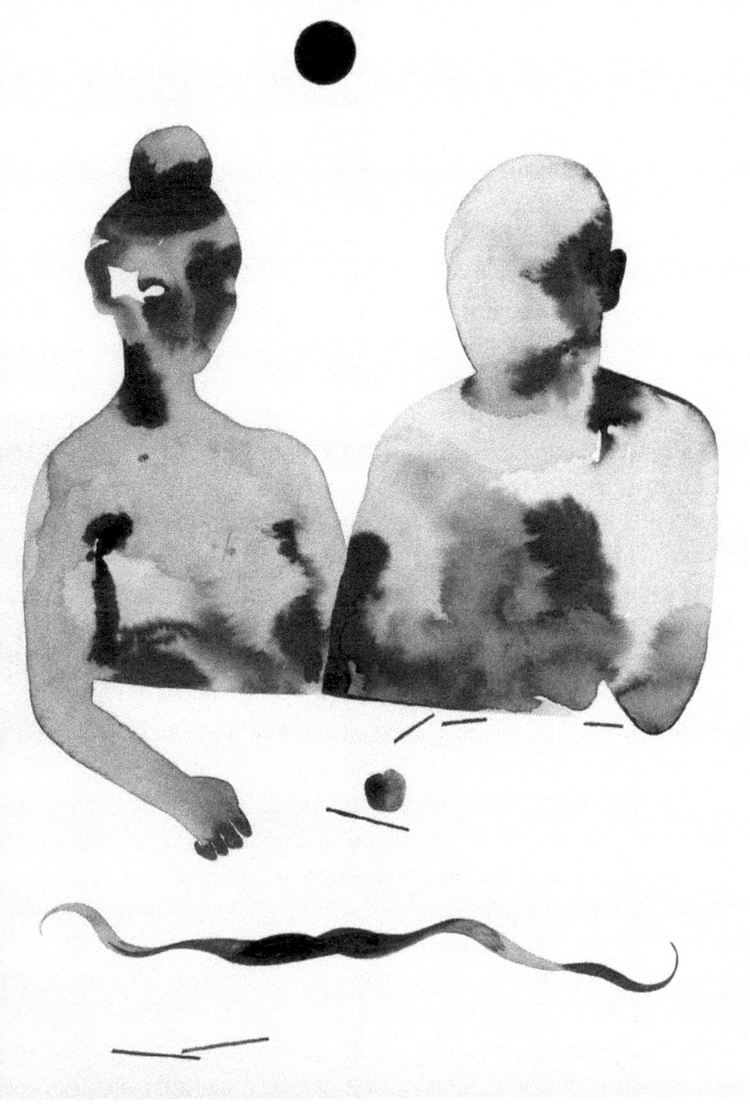

крем, котрим вона замастила кола під очима, контрастною плямою розтікся по вилицях, — і вона була схожа на стару ляльку з пап'є-маше, від якої відклеюються клапті паперу.

Серед них усіх мені найбільше подобалася Дама з камеліями: вона була тут кожного вечору, і завжди на її столику лежала пачка легкого «Мальборо». І тільки у дні звичайного жіночого нездужання вона курила з червоної пачки, і всі знали, що до неї підсаджуватися не варто — в ці дні вона замислювалася над життям, але ніколи не траплялося так, щоб вона не прийшла взагалі.

Дама з камеліями завжди замовляла один і той самий коктейль — коньяк із вишневим соком. Темно-бордова рідина повільно піднімалася по соломинці, мов кров по скляному капіляру в медкабінеті.

Не знаю, навіщо він так часто брав мене в «Ребеку». Можливо, йому було нудно без мене, або він сподівався, що я відчеплюся від нього і закохаюся в когось іншого. Тут це траплялося часто, але мені не хотілося дивитися на інших. У його зовнішності було щось жіночне, не педерастичне, хай бог милує, а як у молодому Марселі Марсо, щось невловиме, як молочний відтінок нічного моря в місячну ніч. Коли я дивилася на нього — мене пронизували електричні спалахи, і він це відчував. Ми йшли у далекий коридор цілуватися. Електричні спалахи, електричне безумство... Я перетворювалася на скляну кулю, підключену до електрогенератора. Реально я відчувала тільки його руку на спині, що зминає мою легку сукню, пірнає в джинси, проникаючи під майку, розстібає ліфчик.

Він поселився у мене в казармі взимку, на день мого народження. Перелазив через паркан за гаражами.

Того дня він подарував мені цілу коробку відеокасет — декілька фільмів Куросави, «Голий острів» Кането Сіндо та «Лілі Марлен».

Ми почали з Фассбіндера. Завжди, коли я дивлюся фільм, то відчуваю певний присмак або запах, наприклад, «Лілі Марлен» викликає запах мускатного горіха.

Потім ми пішли прогулятися, накурилися десь на Пейзажці, у під'їзді.

Це було не дуже приємно. Здавалося, всі, з ким ми курили, рахували кинуті мною погляди і не давали злетіти, а якась щербата матуся встромляла сигарету в мої замерзлі пальці. Потім ми йшли Десятинним провулком, і мені чомусь здавалося, що ми йдемо крізь якесь прибережне нігерійське містечко, віддаляючись від звуку барабанів. Я намагалася розмовляти — тротуар розколювався від моїх слів, а він усе продовжував рахувати стріли, що розсипалися навколо. Він рахував пропуски в моїй пантомімі, вбивав фразу, що корчилася в судомах, вбивав навіть втрачену надію видертися звідси. Я навіщось згадала, що тільки маріонетка на тростині може здійснювати різкі рухи, хотіла сказати йому про це, але фраза тонула безнадійно. Коли йдеш зимовим нігерійським містечком, віддаляючись від узбережжя, звуку барабанів — йдеш до наступних, і до наступних — це подорож. А якщо залипаєш на своєму барабанному бої — то це вже смерть, полум'я тебе поглинає, як чудовисько, і навіть неважливо, що це — танець дикунів або фестиваль. Треба йти і йти, Татхагата, що крокує вічно, крокує повз, Форрест Ґамп — оце справжня свобода.

Потім я вже йшла одна, у напрямку Бруклінського моста. Робітники, що мостили тротуар у світлі будівельних ліхтарів, озиралися на мене, і мені здавалося, що вони кажуть: «What a horse!» чи «What a whore!». Підбори моїх чобіт цокали ритмічно, і мені дійсно здавалося, ніби я була якоюсь конячкою, поряд клубочилася пара, покрилися памороззю ніздрі. Раптом шлагбаум, що виринув із клубів пари, трохи не розрубав мені грудну клітку. Я шарахнулася з переляку, але, виявилося, що це не шлагбаум, а дві довгі тіні якихось пройдисвітів, що крокували з підворіття.

Мені здавалося, що я пройшла вже далеко, але, обернувшись, побачила мигаючий неоновий напис — синій/червоний — ОЛЬСЕН/ХУТРА — я все йшла і йшла, і знов, обернувшись, побачила ОЛЬСЕН, я так і не могла дістатися до площі, продертися крізь усі ці засклені полиці з туфлями, ртутними манекенами в костюмах, ідіотськими конструкторами в зморшках гардин, повз гарцюючих безголових велосипедисток з піднятими догори гумовими дупцями, огрядних механічних Санта-Клаусів з олов'яними гусарами в поштовій сумці, безрідних мумій у перуках, коробок з парфумами, сумочок, бюстгальтерів, кубинських сигар та фарфорових гусятниць — крізь увесь цей щасливий різдвяний світ. Я задихалася, неначе за мною гналася зграя хортів.

Потім ми зазвичай курили вдома. Він розповідав, що коли накуриться, завжди потрапляє в який-небудь фільм. Одного разу він валявся в ліжку і казав, що він — Георг Рівз із простріляною головою. Іноді у своїх фільмах він боявся торкнутися мене навіть кінчиками пальців, як борець сумо боїться торкнутися підлоги.

А потім він відлетів.

Кожного ранку я прокидалася через те, що солдат шкрябав лопатою сніг під вікном. Але сон нібито тривав — мені бачилися обличчя, які перетікали одне в інше, які ставали чіткішими, тільки-но увага загострювалася на якомусь із них. Ці обличчя можна було перетасовувати нескінченно — живий ртутний «Натовп» Ренато Гуттузо, кожне обличчя, кожна фігура в цьому натовпі могла почати рухатися, тільки схопивши текучу вологу моєї уваги. Змінюються епохи та касти, я обираю обличчя, як у «Мортал Комбаті», воно рухається — і я поступово зливаюся з цією фігурою.

Люди здавалися примарними створіннями, в'ялими рибами безодні, що видавали незв'язні звуки, ніби випливали з кінофільму Люка Бессона.

Я ледве могла ходити на лекції.

Навесні мені наснилося, що я приїхала до нього в Анкару.

Ми сидимо на терасі його великого будинку втрьох — я, він та його дружина. Вітер колише штори, видно зігріті сонцем пагорби, декілька будинків на схилі одного з них. Стіл накритий білою скатертиною, на ньому безліч красивих чашок, невеличких глечиків, келихів, візерунчастих, з кістяними ручками, ножів та виделок. Ми чекаємо, коли підсмажаться наші курчата — видно, як за склом жарової шафи вони перевертаються на рожні. Його дружина у цілковитому захопленні, щось щебече і вихваляє свою курячу шафку. «Всього п'ять хвилин — і готово. Не вірите? Я виймаю свого!» Вона відкриває шафу і знімає з рожна за допомогою довгої виделки коричневе соковите курча, кладе його на блюдо і потім щось таке верзе, верзе. «А тепер треба полити його молоком». Вона бере глек із молоком і ллє на тушку. Молоко тече по тушці, по блюду, по скатертині, ллється їй на сукню — і вона вся така задоволена, радісна: «Ви пригощайтеся, пригощайтеся!». Ми їмо цих курчат, але не можемо насититися. Тим часом зі скатертини цівками стікає молоко.

Свого часу він навчав мене французької мови, примушував нескінченно повторювати «Ранковий сніданок» Жака Преве. Втім, він стверджував, що «Ранковий сніданок» — це не французька, це — мудрість розлучення. «Мистецтво бути жінкою, — казав він, обмотуючи шарф навколо шиї, як це, ймовірно, робив сам Жак Преве, — полягає в умінні розлучатися з чоловіком».

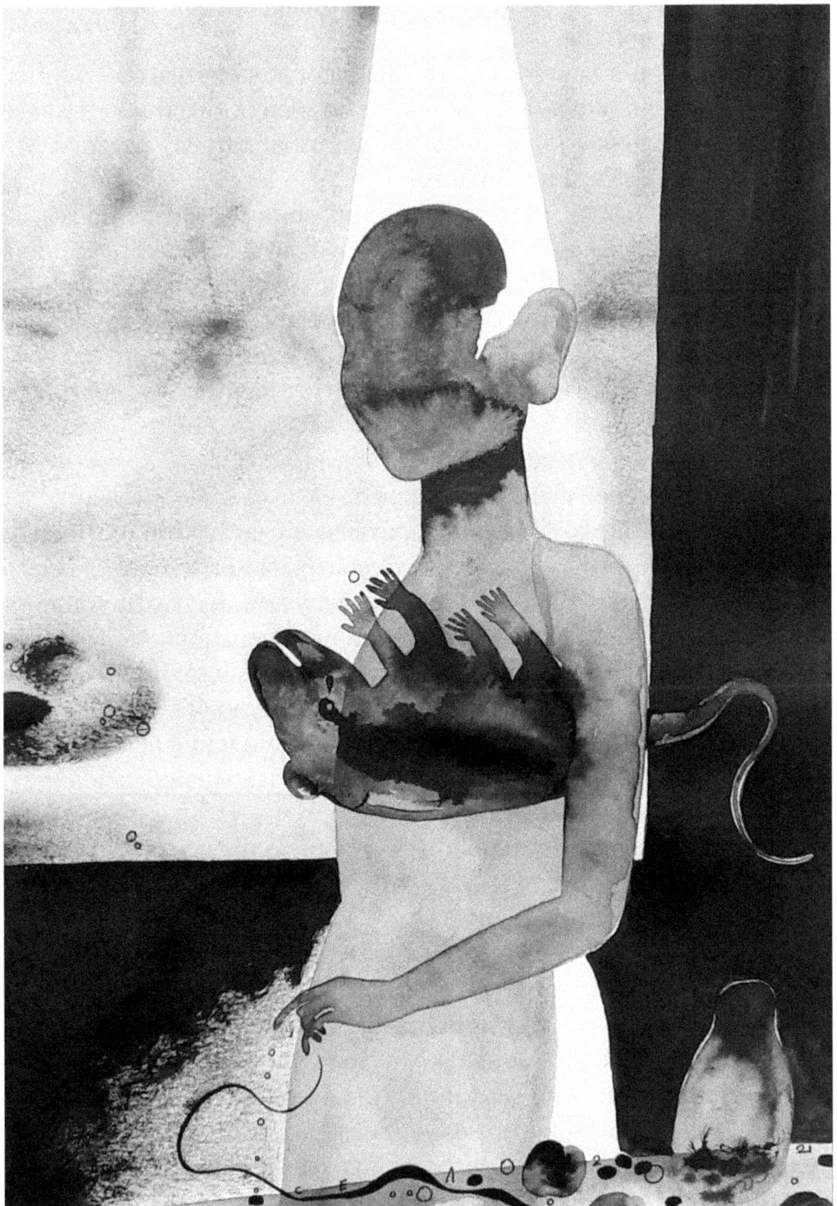

3

Різко похолодало, видали по другій ковдрі. В коридорі гримлять відрами та сваряться.

У мешканців нашого відділення улюблена розвага — ходити з відрами за сніданками та обідами, виносити бікси або здавати білизну в пральню. За це до вечері дають додаткову котлету, або зварене вкруту яєчко до сніданку.

Новеньку звати Настею. Сьогодні вона не могла ввійти до їдальні — боялася кішки. Санітарки втягнули її під лікті та всадили за загальний стіл. Їсти не хоче — годують примусово. Дивитися на це неприємно. Нічого, потім її переведуть на безприв'язне утримання, за спиною перестануть громадитися санітарки — стане легше. Пам'ятається, мене теж годували після тієї ночі в гамівній сорочці.

Худеньке, маленьке.

Nec femina, nec puer, як то кажуть.

Знов по палатах. У вазах із квітами дівчата замінюють воду. Упаковка «Сібазону» (його мені вколюють на ніч) напрочуд схожа на пачку «Житана» (блонд). Сидячи за столом, бачу стіну іншого крила будівлі. Папір невблаганно закінчується, залишилося тільки декілька листів, хоча я й намагаюся писати найдрібнішим своїм почерком. Сподіваюся, в аспіранта буде з собою ще.

Сьогодні зранку пацієнти чоловічого відділення палили гілки і сміття, дим курився лікарняним двором і заходив крізь відкриті вікна, запах і досі жахливий.

Штуцер хрускотить ранішньою порцією пігулок.

— Так ти тут через пісні?

— Я тут через зірки.

Коли ми помремо, хочу я сказати, то полетимо до зірок — кожен до своєї зірки — як крізь падаючий сніг. Та ми вже летимо, і кожен до своєї зірки. Мені так хотілося, щоб ми з ним летіли до однієї зірки, але летимо до різних. Але це неважливо, головне, що летимо! Інакше бути не може, ніяк не може бути інакше! Навіщо тоді були Азімов, Стругацькі або Станіслав Лем, навіщо ми взагалі їх читали в дитинстві? Адже не може ж бути так, аби бог виявився безглуздіший за Станіслава Лема?

— Дехто казав, що в мене очі, як два Соляріси, — кажу я замість цього.

— Соляріс — це планета.

— Я в курсі.

З Енді ми познайомилися на Замковій горі, він підійшов з-поза спини і зазирнув до мого блокноту. Нічого особливого, золотий осінній пагорб із кривою булижною вуличкою, білою церквою з зеленими куполами й рожевим готелем, схожим на бутафорський замок, та жовте небо в патлатих хмарах.

Я малювала гелевими ручками — чорною і золотою, та слухала «Кренберіз».

— Золотий колір — символ сьомого неба у Лаврських живописців. Ви знали про це?

— Чесно кажучи, навіть не здогадувалася.

Ми побалакали, а потім він запросив мене спуститися з пагорба і підійти з ним на «Рулетку» — там у нього була зустріч із марокканцями. Спочатку ми забили десь у дворах Малопідвальної.

Справжній марокканський гашиш, як запевняє Енді.

Світ стає чарівним. Новий друг довго вдивляється в моє обличчя:

— В тебе очі, як два Соляріси.

Я зникаю, вже потім знову намагаючись зрозуміти, де знаходжуся. Суцільна зелена стіна, і в ній чотири криво вбудованих гака з білими плямами фарфорових ізоляторів. Енді посміхається, переглядаючись зі смуглявими хлопцями. Одного звуть Мунір (приємний тип із борідкою, котрий швидше нагадує доктора наук), іншого — Мухаммед (з породи мерзотників, із плоским, висмоктаним гашишем обличчям) — вони їдуть до Німеччини, кажуть, що льотчики. «О, мій тато льотчик!» — я сміюся, бо знаю, що несу чергову нісенітницю.

Вечір закінчується в готелі «Москва», в номері, схожому на контейнер для радіоактивних відходів, саме так його обізвав Енді. Говоримо про іслам, авіацію і піднебесного мрійника Віллі Мессершмітта.

Я, нічого не тямлячи, ставлю в плеєр іншу касету. «Не плачь, Маша, я здесь, не плачь, солнце взойдет, не прячь от бога глаза, а то как он найдет нас? Небесный град Иерусалим...».

Виходячи з готелю, я помалу тверезію, Енді проводить мене до зупинки.

— А може, й через пісні.

— П'ята палата, на огляд!

Неохайний доктор у пом'ятому халаті з плямами лускає фісташки, розвалившись у кріслі.

— Ну що, дівчатка, все гаразд, нічого не болить? — доктор із розумінням підморгнув і розлускав фісташку, потім, очистивши горішок, кинув шкаралупу в кошик для паперів, — менструації вчасно?

Ми синхронно киваємо.

— Тоді, дівчатка, — він солодко посміхається, — вільні!

Знову виходимо в коридор. Штуцер із полегшенням зітхає і обертається до мене, наче ніщо не переривало нашої розмови:

— Виходить, через пісні.

4

Знайти попутника було неважко, влітку всі кудись їдуть.

Ольховський не здавався мені найкращим варіантом, але Пітер! Пітер!

Думка про ботанічну практику ніяк не гріла. Мене й без того дуже знесилив червень, присвячений ентомологічним дослідженням, та ще й Горобчишин діставав усіх своїми риючими осами, про яких писав дисертацію. Ми з Леркою, в свою чергу, діставали Вервеса проханнями розповісти про те, як приготувати сік зі шпанської мушки. Університетом ходили чутки про те, що Вервеса одного разу трохи не посадили. Кілька років тому професор наш здружився з відставним генералом, і без шпанської мушки дуже хтивим, який постійно зазивав його студенток у гості пити коньяк. Студентки, навчені Вервесом, додали генералові в коньяк декілька крапель від цих роздавлених мушок і пішли, покинувши генерала наодинці зі своїм горем. Генерал, як з'ясувалося пізніше, не маючи можливості кого-небудь знайти для втамування полум'яної шпанської пристрасті, помер від розриву серця. При згадці про цю історію Вервес дуже злився і, врешті-решт, ледве зарахував нам із Леркою практику.

Небо в день від'їзду було димно-гірким, напоєним краплями ранішнього туману. Сіре, холодне, мерзенне, з похмурими граками, що мерзли на гілках.

Повідомивши коменданта, що від'їжджаю на практику, я здала ключі й вийшла з під'їзду.

Автомобілі на тісній казармовій стоянці починали свій ранковий котильйон. З-поза хмар виглянуло бліде сонце.

Я була схожа на улюблену жінку Сальвадора Далі — такий собі каркасний складаний шезлонг із рельєфними кістками, на який натягнуті джинси та светр. До рюкзака тонким армійським ременем прикручена коричнева верблюжа ковдра, яка, звісно, відразу ж почала з'їжджати.

Ця недоречна істота йшла по вулиці, що примикала до паркану військової академії.

Як сумно було розлучатися з цією вулицею, з глухою безглуздою стіною, в якій обертався маленький червоний вентилятор. Спливав у минуле маленький бутік із двома циліндричними вітринами, що віддзеркалювали всю протилежну сторону вулиці. Я проходила повз нього кожного ранку, а деколи й увечері, він розташовувався поряд із булочною. Теплі чоловічі пальта стояли, відпочиваючи, неначе завітали в ці джазові циліндри погрітися й випити кави. Ночами в цих циліндрах починався Колтрейн, а минулої зими бутік придбав двох манекенів чоловічої статі та назву, осяяну ліхтарями: «Фауст».

Назустріч мені похмурий молодий вантажник котив мощеною вулицею візок із пивними ящиками. Візок гуркотів, стара жінка зістригала сухі гілки з виноградної лози, що увивала її вікно.

Біля меблевого магазину вишикувалися в ряд жовті фургони, водії розмовляли, плювалися і палили. Надсадно дзвеніла циркулярна пила, і щонайтонший деревний пил хмарою злітав над тротуаром. Із дверей виносили оббиті бордовою тканиною високі стільці.

У дворі Ольховського все дихало вранішнім спокоєм: мовчали краплі води на перекладинах пожежних сходів, мовчали водостічні труби, приковані до стін залізними стременами, мовчали коробки кондиціонерів, готові до битви з денною спекою, мовчали вербові пасма, що звисали з парапету, який відокремлював верхню частину двору. На верхньому майданчику хлопчик вигулював бігля.

Пес проскочив по колоді та відчайдушно залаяв, і враз увесь двір пожвавився від цього гавкоту — затремтіли золотисті нахилені дзеркала, що ховали за собою підвальні ями, а жовтий дитячий жираф із плаксивою мордою похнюпився та ніби підібгав хвіст. Здавалося, що навіть дзенькіт і брязкіт кавових чашок із відкритих балконних дверей походив тепер саме від цього. Тільки білі жалюзі в нижніх конторських вікнах зберігали повислий спокій, та зовсім незворушне небо, окреслене квадратом двору. Вусата жінка на балконі впустила недопалок, бігль затих, беззвучно всміхнулися балконні коробки.

Останній поверх, дзвоню. До цього дзвінка я жила без особливих думок про майбутню подорож, так само як і без думок про те, що станеться, якщо цій подорожі не судилося відбутися. Інакше кажучи, абсолютна порожнеча, абсолютна готовність до зриву при кожному телефонному дзвінку. Мною керувала не думка про те, як пустити свій намір у хід, а швидше, готовність сприйняти крах цієї ідеї без особливих емоцій.

Гуркіт засува, пил, важка плюшева драпіровка. Вистава почалася.

Було вже одинадцять. Він зустрів мене, нашвидку вирядившись у білосніжні кальсони (підстрибуючи, розпрямляв манжету на правій нозі), залишивши голим торс і худі прозорі руки.

— Доброго ранку, — впустив мене. Я зайшла у величезний передпокій і кинула свої речі в глибоке крісло. Навіть не подумала, що ми затримаємося тут надовго. Навпроти крісла висіло масивне розп'яття, у спасителя було відкритим одне око, схоже на щільну білу горошину, яку можна витягнути з рибної юшки.

— Ти диви мені, не натри ноги без шкарпеток, — Ольховський нібито невимушено зронив це з інтонацією бувалої людини і подивився на мого наплічника. — Нічого, переберемо, може, ще й не одноразово. Все буде як треба, давай, проходь у вітальню, сідай, я тим часом почну збиратися, каву зварю.

Я не зовсім розуміла того дня, як можна збиратися і залишати домівку з тим, щоб повернутися.

Він усе залишав так, ніби збирався відлучитися на кілька днів. Я кожного разу від'їжджаю назавжди, а якщо доводиться повертатися — це дивує мене до нестями. Все тому, що за моє життя сталося близько десяти масштабних переїздів, а що стосується польотів — свою подорож на місяць і назад я зробила вже до п'ятнадцяти років. Навіть коли від'їжджаєш лише на деякий час, повертаєшся все одно іншим. Коли залишаєш порожні кімнати: на стінах тільки вицвілі геометричні фігури від картин та незвичний розподіл світла — а через три місяці прилітаєш вже дорослим. Конверти пластинок покриті пилом, все таке чуже і разюче похмуре після нічного аеропорту та лічильника в жовтому таксі.

Зараз зі мною було тільки теперішнє — ані минулого, ані майбутнього в мене не було.

Я топталася в просторому світлому передпокої. Праворуч, між дверима в кімнату сестри і дверима в кухню громадилася полиця з книгами, під нею знаходився різьблений комод із серветочкою, телефоном та сухим вівсом у фаянсовій вазі. Царського видання Лєсков, фотографія сестри над фортепіано (аж раптом уявила собі, як цей agnus Dei грає Моцарта подряпаними пальцями) та всілякі красиві дрібнички. Все здавалося таким доглянутим і пройнятим родинним теплом, що мені стало якось сумно.

Самого Ольховського важко було не звинуватити в пристрасті до витонченого. В особистому житті він давно набув стабільності, досягнувши бажаної згоди пристрастей: назавжди і безнадійно закоханий був у Ольгу Сумську (і навіть кілька разів вітався з нею) та сліпо, але регулярно задовольнявся гарненькими буфетницями та костюмерками. Іноді для власного задоволення він вигулював сіру данську догиню сусіда, по осені незмінно прихоплюючи з собою мельхіорову флягу з коньяком.

У вітальні мене зустріла величезна кішка кольору патинованої бронзи, величезна й пухнаста. Кішка подивилася на гостю, повернулася на диван, я вмостилася в кріслі біля балкона, відкинула голову й закрила очі, ніби зникла.

На стіні висіла лялька з дивною голівкою з пап'є-маше, що зображувала Катерину Медічі. Коли Андрійчику було сімнадцять років, він дружив (так він сам охрестив цю особливу форму спілкування) з дівчиною, яка вчилася в Консерваторії грати на альті, у мріях жила в старовинному королівстві, на свою стипендію возила його до Львову, вона ж йому й подарувала цю ляльку. Він розлучився з дівчиною з тієї причини, що у неї відмовили ноги, коли він покурив з нею анаші, вона не могла рухатися, і в неї, до того ж, сталася істерика. Тоді він злякався й перестав із нею зустрічатися, відтоді задовольняючись більш жилавими та духовно міцнішими особами.

Таке жахливе фарфорове обличчя, як у цієї ляльки з білими буклями, можна було уявити хіба що в казці Гофмана: обличчя посміхалося. Але як воно посміхалося! Високі вилиці, гостре біле підборіддя, тільки погляд немов таранив наскрізь, як ножами. Очі іскрилися білою алебастровою приємністю, від якої холоділо в грудях. І цей розтягнутий рот, і випинаючи зуби, соромливо прикриті чорним віялом.

— Це «Чорна Отруйниця» Катерина Медічі, мені одна дівчина подарувала.

— Так, Енді розповідав.

Енді теж звали Андрієм. Щоб не плутатися, при знайомстві тезки вирішили Ольховського залишити Андрієм, а іншого Андрія надалі називати Енді. І це прижилося, врешті-решт, вони вже багато років знайомі.

Балкон був відчинений. Вітер відштовхував фіранку та анітрохи не займав важких штор, і тільки ворушив злегка моє волосся. Місто за вікном вже гуділо, квартира Ольховського знаходилася під самим дахом шестиповерхового будинку, звідки відкривався такий вид, немов ми були під дахами Парижу, на тому кутовому балконі, де пройшло дитинство Рене Клера. Я розгойдувалася, обхопивши пальцями перила, покриті золотистими крупинками лишайників, разом зі мною розгойдувалися дахи, балкони та квіти в жардиньєрках.

На балкон викинуті були дошки, ящики, банки з оліфою й усілякий мотлох, на мотузках висіла зв'язка сушеної риби, червона майка та декілька пар шкарпеток, на підлозі валялися пожовклі газети. Голуби проводжали поглядами перехожих.

На столі сушився базилік. Андрій пояснив мені, що вже два роки київські бабусі не продавали базилік серед інших пряних трав, і цього року він вирішив засушити його сам.

«Ах, Кондор! Віднеси мене в долину Амазонки, де кожна дівчина — богиня», — співала Іма Сумак.

На зміну їй Ольховський приніс диск із африканськими барабанами, який нещодавно купив на Сінному ринку, і це був, як він запевняв, ще не найцікавіший диск у його колекції. Він поклав конверт на шаховий столик, сам підійшов до комода, сів навпочіпки і почав проводити якісь магічні операції з програвачем. У нього так чітко вимальовувалися всі м'язи, через тонку нервову шкіру кожен рух різко розкреслював його худе скелетоподібне тіло на смужки та ромби. Він поставив диск і вийшов з кімнати, зачинивши за собою двері. Музика заповнила рівно увесь об'єм кімнати і без жодного зусилля вливалася в мене, неначе за градієнтом концентрацій.

Коли він готував каву, для чогось йому було необхідно кілька разів стукати джезвою об стіл, потім чекати і ще раз стукати, накривши зверху клаптиком тканини. Я продовжувала вештатися кімнатою, роздивлялася книги і портрет маленького Ольховського, що схилив на бік кучеряву голівку...

Він приніс джезву, дві маленькі чашки з блюдцями на підносі та цукорницю, і поставив усе це посеред кімнати. Коли дзвякнув телефон — він зробив тихіше програвач і вийшов. У мене знову виникло відчуття зламу подій, неначе він зараз увійде й скаже: «Ти знаєш, я сьогодні не можу».

Мені не хотілося пити без нього каву. Вимкнувши африканські барабани, я продовжувала ходити по кімнаті, і знову вийшла на балкон.

Унизу, мабуть, подув вітер, маленькі чоловіки стискалися і загорталися в одяг, маленькі жінки тримали сукні, що рвалися від вітру, маленькі діти тиснули до стін будинків, а маленькі старі грілися в маленьких кухнях, де було тепло, затишно і не було вітру. Вітер господарював у дворі та гудів у лабіринтах підворіть. Але сонце тепер світило яскраво-яскраво, стіни будинків і дерева виблискували. Золоте сяйво розливалося по двору, відігріваючи його від холодної ночі. Робітник підвального видавництва розкладав книги по підвіконню.

Дивно раптом вибитися з відомого життя, кимось для тебе розпланованого, з відомого літа. Це літо, і наступна осінь, і наступна зима, і рік, і через рік, і все життя... Я не можу терпіти, коли моє життя хтось хоче зробити схожим на дитячу розмальовку: все вже заздалегідь намальовано, контури намічені на двадцять сторінок вперед, а тобі залишається тільки сидіти і заповнювати їх кольорами. Навіщо мені це літо, якщо я знаю, що і як буде, усе точнісінько, якщо вимагається тільки прожити його. Якщо все так відомо, то вважай, що і прожите. Мені хотілося невідомості, солодкої невідомості попереду і вищої насолоди справжнім моментом. Тільки життя, тільки цей похмурий вітер. Я знову оперлася животом об перила, підігнула ноги і розгойдалася, в моє обличчя плеснуло вітром.

Увесь двір зі старим маленьким седаном, маленькими віконцями і бабусями, знов закачався і закрутився перед очима, спалахуючи сліпучими сонячними зайчиками. Я стала людиною без минулого і без майбутнього. Як осіння ящірка, я вбирала тепло, світло та скрип дерев'яних перил — і несподівано все потемнішало.

Це Ольховський закрив мені очі руками. Він розчепив руки і став знімати з мотузки шкарпетки, ще шкарпетки і червону майку.

— Ходімо пити каву.

Ми всілися на підлогу біля акваріума, він налив у чашки густу чорну каву.

— Посолив?

— Тобі — ні. Знаю — ти не любиш.

Похмурий акваріум поміщався в кутку: замутнене корчувате дно, і там, на дні, причаїлися два маленькі сомики, яких ледве можна було розгледіти. Поведінка їх дуже здивувала мене. Лежить цей сомик і не ворухнеться, навіть якщо стукаєш по склу пальцем, тільки-но поведе оком, але в якійсь йому знаний момент підскочить, злетить до поверхні, і звідти — стрімголов на дно. Рух його блискавичний, немов погляд.

Промінь від акваріумної лампи висвітлював Андрійчика, його багато орнаментоване тіло: на шиї висів шкіряний шнур із важким розп'яттям, і другий шнур, із ладанкою, зап'ясток був обмотаний мотузочком із багатьма вузликами, а на пальці вдягнені декілька кілець і срібний перстень із чорним агатом.

Він повільно затягувався цигаркою та пив свою підсолену каву.

Вочевидь, він претендував на те, щоб стати моїм бенефактором, втім, як і багато хто до нього, не маючи до цього ніяких передумов.

— Відчуй тепло. Розумієш, кава тут ні до чого. Можна просто дарувати один одному тепло, звичайне людське тепло.

— Звичайне людське тепло. Спітнілі бразильці на розжарених сонцем плантаціях. Мене нудить від людського тепла.

У джезві більше нічого не залишалося. Я перегортала журнали на тьмяному зеленому оксамиті столу, де лежала дешева офсетна іконка та книга митрополита Нестора про місіонерську працю серед камчадалів.

Я захотіла ще щось послухати й попрямувала до Андрійкової кімнати.

У кімнаті було похмуро, в далекому кутку світився монітор комп'ютера з заставкою «Кандинський».

Ольховский збирав речі. Все було розкидано — наплічник, карімат, новели Селінджера, стрічка презервативів із реберцями в червоній коробці. На столі розкидані були кубики бульйонного концентрату, на підлозі — підсушені шматочки шинки в кірочці коричневого цукру та гірчиці, анчоуси в бляшаних коробках. Блокнотики, кишенькові книжечки безвісних поетів, альбоми Бердслі — все, що має бути в завзятого каторжанина власного інтелекту.

Знайомі дрібнички.

Ці його бляшані тридцятиграмові табакерки «Javaanse Jongens» із зображенням двох тубільців, що сидять навпочіпки над самокруткою.

У цих туземцях він зберігав швацьке приладдя та прянощі. Клясер із марками дружніх країн. Колись він мені про них розповідав: Сонце Сходу, батько усіх народів Мао, в'єтнамські марки, кубинські, лівійські, австрійська марка епохи імперії (він обережно поправляв їх пінцетиком), колоніальні марки, марки уряду, що був при владі всього два місяці…

На столі — скромно — томик Станіславського.

Безліч пластинок на полицях.

Тепер Андрій копирсався у шафі, я розглядала його речі. Обожнюю роздивлятися чоловічі речі: бавовняні майки, сорочки, краватки, запонки. Він не без задоволення демонстрував мені свої скарби.

Серед пластинок я знайшла довоєнні записи польського вуличного оркестру і повернулася у вітальню. Не встигли ми з кішкою прослухати і декількох пісень, як зайшов Ольховський.

— Давай тепер із твоїм наплічником розберемося.

Він відстебнув ковдру, ми розташувалися на підлозі в передпокої.

— Так, — він почав свою промову, зробивши серйозне обличчя, великим і вказівним пальцями провів по кутах рота, від чого позначилися всі зморшки та складки його басетовського обличчя.

— Досвід ходіння по трасі маєш?

— Як тобі сказати…

— Зрозуміло, — він підвів брови. — Що ж, подивимося, що в тебе там... Енді прийде — ще раз усе перевірить, отож усе буде добре. Миска, ложка є?

— На місці.

— Зубна паста, щітка?

Я кивнула.

Він став викидати мої речі. Першим полетів згорток із горіхами й фруктові пастилки.

— Це зайве!

Він відкладав усе вбік, на підлогу.

Плоска коньячна пляшка, на ентомологічній практиці я носила в ній воду.

— Що це? Не можна брати з собою скло.

Він так зітхнув, неначе говорив про загибле кохання.

— Фляжку ти з собою не взяла, я так розумію?

До фляжок у мене з дитинства недовіра. Мені завжди здавалося, що рідина в солдатських флягах набуває якогось нездорового присмаку, можливо, це через різноманітні алкогольні вподобання власників цих фляжок. Пояснювати це Андрію не мало сенсу, як і не мало сенсу розповідати, зі скількох солдатських фляжок мені випало пити. Я чудово знала, що Зиґмунд Фрейд був для Андрія незаперечним авторитетом, сама ж вважала за краще в деяких питаннях дотримуватися поглядів Адольфа Адлера, особливо в тому, що сексуальний потяг не є початковою мотиваційною тенденцією. Тому просто промовчала.

— А це що?

Він дістав мою чашку молочного кольору, поставив її на килим, піднявся й мовчки пішов до кухні. Через хвилину він вийшов, тримаючи в руках бляшаний кухоль, покритий білою емаллю, з якимись намальованими травичками та польовими квітами.

— Бляшаний кухоль потрібний для того, щоб можна було закип'ятити воду на вогнищі, ти ж не вважаєш, що за тобою возитимуть польову кухню? Чи, можливо, ти не знаєш, що в керамічній чашці не кип'ятять?

Він продовжував розбирати вміст рюкзака. Усі речі знаходилися в двох окремих згортках, таких великих, що це займало нерозумно багато місця. Він витягнув згортки. Одягу в мене було небагато: білизна, дві пари шкарпеток, нова літня сукня, батистова сорочка, африканська туніка та зелена спідниця, розмальована купальною папороттю з жовтими вогнями, ну і берці, звичайно. Він усе це витягнув, і майже нічого не залишилося: згорток з апельсинами та шматок хліба, загорнутий у подарунковий папір із золотими зірками. Бляшана коробка від льодяників із черепами полівок геть збентежила його, брови так і казали: «Ну що ж, ну що ж!».

Рушник в одному згортку з пляшкою шампуню та милом, котре я виграла на змаганнях із бігу на чотириста метрів, пачка пігулок сухого пального, французький словничок (пам'ять про Богдана), вузький черепаховий гребінець зі шматком газети, щоб на ньому можна було грати, складений вчетверо дайджест, пластир, вузький ніж з дерев'яною ручкою, ложка, лита мідна пряжка від старого ременя, розмальовані блокноти, газовий балончик, пачка знімків, книга Рене Менара про міфи в мистецтві (з теоретичними міркуваннями нових язичників), сірий блокнот із кращим з англомовної поезії, один чистий блокнот, документи і ручка.

Якщо думати, що їдеш у відпустку, то досить, але для мене це було початком нового життя і всі ці речі з минулого, яким я дозволила залишитися, все моє минуле вмістилося в один наплічник... Зазвичай

в усіх переїздах я ще піклувалася про колекцію підків, собачий череп, знайдений на залізничному полотні та покритий іржавими плямами, кінську лопатку та п'ясткову кістку — з ними все ж довелося розлучитися. Наплічник був для мене швидше зайвим тягарем. Одяг, а також книги, можна знайти у будь-якому місці.

Почав наново складати одяг. Не та людина, щоб червоніти, побачивши жіночу нижню білизну — це надавало мені спокою.

— Мабуть, краще буде, якщо ти спробуєш ковдру теж покласти до наплічника.

Він приніс мені помаранчевий карімат і речі, кожну окремо, дуже міцно згорнувши, — і все вмістилося.

Пролунав телефонний дзвінок.

— Що я можу тобі сказати? Білий? У мене. Точніше, поки ще не в мене, але, — він помовчав у слухавку. — Безумовно! Я знаю тільки, що вони використовують сорбент. Ну, я тобі при зустрічі поясню навіщо, нетелефонна розмова.

Мене так веселила серйозність цього зморшкуватого хлопчика.

— Розмови з іноземцями ти береш на себе. А я — з нашими. Розумієш, люди, коли беруть когось із собою в машину, вони роблять це для того, щоб із ними розмовляли. Він, може, добу один їхав, і тепер йому потрібний співрозмовник.

Він збирав аптечку — таку дорожню скриню, в якій можна було цілком умістити труп.

— У тебе є ще якісь пігулки, ліки? Давай сюди!

— Які ще ліки? До речі, а можна зараз їздити з газовим балончиком?

— Корисна річ.

— А як же митниця?

— Ховати треба вміти. «Нервово-паралітичний»? Маю сумніви щодо цього. Безпечніше його все ж залишити.

Я пішла у вітальню слухати польський оркестр, іноді заходила кішка наглянути за моєю поведінкою. Завітає, гляне, що все гаразд, — і тихо піде. Потім я знову вешталася квартирою і пила свій виноградний сік із коньячної пляшки.

Поглянувши у черговий раз на згорток з апельсинами, він промовив:

— Гаразд, мабуть, можна взяти, пити в дорозі захочеться.

Необхідні в дорозі дрібниці він із таким піднесенням збирав і розкладав по всіх кишеньках.

— Ти сірники взяла?

— Ні.

— Так візьми, — він протягнув мені декілька коробок. — Розташуй у різних місцях. Якщо в одному місці промокнуть — в іншому залишаться сухими.

Він звернув увагу на те, як я дивлюся на його потрібні дрібниці.

— Ти знаєш, ми все це беремо, а в дорозі виявиться, що якусь дрібницю та забули, хоч би як ми зараз не намагалися всього передбачати.

Він завжди й усюди почувався, як удома, завжди намагався забезпечити собі максимальний комфорт. Найголовніше — почуватися завжди і всюди вдома, мати право, почувати себе сином свого батька, хазяїном.

Він підійшов до мене ззаду і щось повісив мені на шію. «Щось» сильно вдарило мене по ключичній ямці. Це був цепелін. Маленький свинцевий цепелін, зовсім як справжній.

— Ти пам'ятаєш Шизгару? Вона привезла з Лондона.

І враз жертвою моєї підвищеної мозкової секреції стала гарна дівчина Шизгара з бісерними прикрасами на зап'ястках і доброю посмішкою — я згадала обставини нашого знайомства і не змогла утриматися від сміху. Спробувала відсьорбнути з пляшки сік, але він раптом пішов горлом, виплеснувся й потік по підборіддю.

5

Сьогодні бачила сон. У двері кімнати для побачень увійшла дивна черниця, вся ніби в чорному сяйві, черниця трудилася, як було зрозуміло, на терені комівояжера. Зайшла вона, отже, тримаючи під пахвою маленьку труну, і, по вході, як і всі комівояжери, швидко привіталася, повідомила, від якого вона монастиря та навіщо хоче запропонувати свій товар. Вона спритним рухом поставила труну на ксерокопіювальний апарат і відкрила покривало, обшите ручним мереживом. У труні лежала воскова старенька, зморщена, як весняна картоплина, і дуже серйозна. Роздягаючи її, як ляльку, і демонструючи різний одяг старої та чорні стрічки, вишиті золотими нитками дуже майстерно, різні хрестики та ладанки, вона казала, що краще за всіх вашого покійника одягнуть у нашому монастирі, де черниці самі плетуть мережива, і все в тому дусі.

Після такого сну не дуже хочеться йти туди. Хоча ксерокопіювального апарату там немає — тільки маленький холодильник, але на тому самому місці, що й уві сні.

Новенька в мене закохалася. Бігає за мною, вчора прилізла в палату після відбою. Вдень кличе піти в одну з картин на стіні, каже, якщо ми візьмемося за руки і дуже захочемо, то у нас усе вийде. Санітарка прийшла — відвела її. Виявляється, вона вже не вперше тут. Сиділа, розповідала, як вони влаштовували тут безлад та голими палили в палаті.

Прийшли знов. Кличуть.

У кімнаті для побачень — тільки кішка. Пані Моніка.

Я бачу їх автомобіль через заґратоване вікно. Вони палять. Зейберман знову взялася за своє. Мені згадалися травневі дні цього року, коли я відучувала її палити, і вона в неміряних кількостях поглинала шоколадних зайчиків у фіолетовій фользі. А вона відучувала мене клацати суглобами великих пальців. Били одна одну по руках. З розмаху, без попередження. У неї вилітала цигарка, у мене від її ударів вилітали суглоби.

Сьогодні Лєрка в пацанському сірому кашкеті, з-під якого випустила набік чолку. Старанно направляє дим — чолка закриває ліве око, Лєрка дме у бік правого, трубочкою складаючи губи.

Кинула цигарку. Заходить усередину.

З'являється в дверях.

Слідом входить Женя з великим паперовим пакетом у руках. Якось змінився. Підстригся, чи що.

Вони принесли коньяк у пляшці з-під коли та шоколад. Аспірант просить мене роздобути стакани. Стакани недозволено тримати. Йде просити у санітарок бляшані кухлі.

— Він з усіма порозуміється, — Лєрка виймає згортки з пакету. — Візьми мою піжаму, краще, ніж це дрантя. Я розумію, казенне, але до такої міри… У джинсах вам не дозволяють ходити?

Я хитаю головою:

— Доки ні. Потім випускатимуть на прогулянки.

— Добре, візьми тоді, поклади десь у себе.

Через п'ять хвилин з'являються кухлі. Мені щось ніяково. Здається, запах — по всій кімнаті. Добре, що окрім нас нікого немає.

— Ну як, написала щось?

— Щось є. Тільки в мене почерк нерозбірливий. Зараз збігаю. Почекай, від мене, напевно, коньяком несе.

— Візьми ще шоколадку. Женька розбереться. Одяг захопи відразу в палату.

Розповідаю їм про свою прихильницю. Лєрка регоче, аспірант похитує головою і кривить рота — мовляв, так воно і буває, коли баби прив'язуються.

— Завтра не приїдемо — Женька працює повний день.

— В аспірантурі?

— В УВС, біологом.

— На кафедрі запропонували нещодавно, в ЕКЦ відкрили лабораторію біологічних аналізів — подзвонили до нас в університет. За моєю основною темою тут, звичайно, нічого немає, але хоч якась зарплата.

— Цікаво?

— Не те слово! Сусідній підрозділ займається ідентифікацією непізнаних трупів. Методом фотопоєднання, за черепом. В одній кімнаті з ними сидимо. Все черепами завалено — столи, шафи. Обстановочка ще та.

Ми з Лєркою переглянулися. Нещодавно така ж обстановочка була у мене вдома. Весь стіл завалений черепами гризунів. Я пишу курсову. Точніше, мій викладач зоології хребетних пише дисертацію. Він пише по гризунах, я — по совах. Asio otus Linnaeus. У районі, що його цікавить, хтось знайшов совине гніздо на горищі та зібрав погадки. У цих злиплих грудках шерсті — кости всіх з'їдених совою пташок та звіряток. Я сиджу і розбираю погадки. Шерсть та дрібні кістки викидаю, черепи збираю. Здебільшого гризуни. Три пташки в усіх погадках. Гризунів визначаю за черепом — саме гризуни й потрібні для дисертації (особливо викладача обрадувала жовтогорла миша), а сова нікому не потрібна. Про сову я пишу курсову. Зимове живлення вухатої сови. Черепи потім зберігаю в коробці з-під льодяників.

Вони вже йдуть. Обіцяють поговорити з лікарем. Може, хоча б раз зі мною зустрінеться.

6

Пролунав стук у двері, Ольховський, виглядаючи із-за плюшевої завіси, ввічливо поцікавився особою візитера. Візитером виявився Енді. Дивно. Не чекав, можна сказати.

— Кольчепа хіба не з тобою?

— Заїхав кудись, зараз буде.

Енді вище за мене, світловолосий, красивий, сильний. Мені завжди було приємно з ним спілкуватися. Він гарно грав на губній гармошці, був коротко стрижений та завжди елегантний. Якщо Ольховський, без сумніву, належав до лібідозного типу юнаків, то Енді являв собою картину прямо протилежну, тобто, на вигляд був юнаком креативним та в усіх сенсах позитивним. Але це здалека, а якщо наблизитися, то наскрізь був просякнутий запахом сперми, невід'ємним, втім, від запаху мускусу та амбри його парфумів.

Я мало про нього знала — тільки те, що Енді вчився на кінофакультеті та займався всім по трохи на ріках Вавилонських — продюсовав панк-гурти та замишляв якісь справи з козачими полковниками в чорних кітелях з хрестами — все це його підприємство називалося «Магдебурзька брама». Один з його гуртів нещодавно записав альбом під назвою «Fuck totum».

Сьогодні він був у бежевих брюках та світлій футболці. Ольховський теж встиг натягнути водолазку до його приходу.

— Андрійко, ти хоч якось намагався вплинути на дівчину? Умовив to rearrange her mind?

— Навіщо стайню замикати, коли коней вкрали? Хоче — хай їде.

Він підняв мій рюкзак, приміряв, посміхнувся мені та промовив: «Добре!».

Потім передав Ольховському довгий список пітерських квартир і телефонних номерів. Ніяких шикарних пентхаузів із ваннами на нас там не чекало (Коломієць, Філ — гуртожиток хіміків — зазирнула я в список), і у мене знову виникло радісне відчуття поїздки в невідомість. У нижню частину списку були внесені імена тих, кому слід було передати привіт — усі ці жінки, що сприяють пітерським музикантам, якась матрона, що прикрасила свій автомобіль портретом Фіделя, котра впродовж двох ночей була коханкою Енді, і з якою він уперше спробував кокаїн.

Вони спілкувалися, я сиділа тихо, намагаючись не порушувати тієї братської гармонії, що існувала в їхньому спілкуванні. Зараз ми мали їхати до матері Шізгари у Ворзель. Сенс цього пасажу мені був не зовсім ясний. Потім ми втрьох почали обговорювати маршрут.

— А як зараз із переходом кордону, чи не краще буде перетнути один кордон, ніж два?

До того, як я зацікавилася цим, у них навіть не з'явилося подібної думки, вони схопилися за неї та бурхливо почали обговорювати всі варіанти майбутньої подорожі. Незграбно поводячись із картою, вони плутали червоні та чорні лінії, не орієнтувалися в просторі. Тому я тільки споглядала і в їх розмови більше не втручалася. Вони вирішили, що слід було б спочатку впізнати, як вважають за краще їздити водії, через Харків або через Білорусь. Врешті-решт, вони абияк олівцем намалювали маршрут.

— Слухай, а чому ти Шізгару з собою не взяв?

— Шізгару? Та ти її не знаєш.

— Я її не знаю? Я знаю її з тих пір, коли вона була ще такою худенькою дівчинкою, з голови до п'ят, як гірчичниками, обліпленою комплексами. Я її не знаю! Даруйте!

— Неліквідна панночка, абсолютно! — Ольховський знов обвів пальцями зморшки навколо рота.

— Що ти маєш на увазі?

— Ось що, на твою думку, ліквідніше, «Запорожець» або «Кадилак»? Спробуй за тиждень перевести в готівку «Кадилак». Відносно неї — те ж саме, я навіть не гроші маю на увазі.

— І стоїть він, бідний, на майдані, пальці в діамантах, і цигарок собі не може купити?

— Ну, щось на кшталт.

Ольховський продовжував збирати якісь речі. Похідні нарди в шкіряному мішечку. Чорнена сталева фляга з золотими ліліями.

Енді розважав мене розмовами. Мали вони, виявляється, ще одного друга, але одного разу він повів дівчину в абортарій на Рейтарській, накрав там каліпсолу та помер від передозування.

В двері подзвонили. Довгоочікуваний Кольчепа ввірвався в квартиру як ураган. І все раптом завертілося, з'їхало з котушок, понеслося по дотичній.

Гість бігав по квартирі та шукав який-небудь светр. Натягнувши поданий Ольховським светр на свій власний, трохи заспокоївся і принишкнув у батареї.

— Суко, мерзну весь час. Поки з Москви їхав, надавали купу штрафів, а похєр, російські тут не канають. Треба розкуритися.

— Приніс?

— На, тримай.

Ольховський бере маленьку, загорнуту в фольгу кульку гашишу.

Енді займається цигаркою.

Залишки Андрійко ховає у брелок — червону поштову тумбу на позолоченому ланцюжку. Дверцята її прикриваються так щільно, що гашиш не може випасти.

— Шізгара привезла з Лондона.

Палимо на кухні. Дим немов намальований, як на картинах Клімта.

Після беремо по звичайній цигарці. Попіл скидаємо у високу вузьку баночку з-під маслин.

— Дівчина у вас така красива.

— Дівчина не для тебе, в дівчини є коханий.

— Та ну?

— Бодю пам'ятаєш?

— Це твій коханий? Ота царівна Будур із зіркою в лобі?

Енді з Ольховським майже рипають від сміху. Я теж не можу втриматися. Кольчепа не сміється. Він просто зігрівся. Читає майку Енді:

— Ен Ай Пі Ді…

— Ен Вай Пі Ді!

— N' why PD? — чується мені. Я підозріло озираюся. Мені здається, всі чують те ж саме.

— Хто пі-ді? Я пі-ді? Пі-ді! Сам ти пі-ді, суко, йди геть!

Усі сміються. Мені смішно ще й через те, що нас пре від набору звуків — просто якесь пташине щебетання — і всі регочуть. Здається, гаш починає діяти.

— Що там у Москві? Добре? У Москві НЛП, Пелевін.

— В сраку Пелевіна!

— Пітсбурзький гудрон.

— В сраку пітсбурзький гудрон, де мої ключі?

— В сраці ключі!

Тепер Кольчепа бігає по кімнатах, ляскаючи себе по кишенях, перегортає речі, шукає ключі.

Енді теж повис на хвилі скаженого гостя. Щось пояснює Ольховському:

— Та дишло йому по самі гланди, цьому Гаркіну, хєрню якусь продати хоче, виродок, а я повинен паритися. Приходить за півгодини до концерту в бар, козел, перехідники не підходять ні хєра, і стоїть, очками кліпає з-під окулярів, — тон Енді помітно змінюється, коли питання стосується справи, мені навіть моторошно стає. — Міг би поцікавитися, врешті-решт, зірка, суко! Ти чув цього… Ну, цей чувак, котрий на кобзі блюзи нахуярює? Ні, ну ти чув, як він грає?

— Твоє завдання, Ендічку, — Ольховський мовив таким голосом, ніби тільки-но зійшов зі хмар, — виховати звучний камертон, за яким всі інші мають настроюватися. Так, якщо не помиляюся, казав тенор Козловський.

— Хто камертон, цей смердючий підлий Гаркін камертон? У рваних черевиках, типу того вокаліст «Лавін Спунфул», мудачина. Гаразд, якби особа величезного масштабу, Моррісон там, або Башлачов, так ні ж — Гаркін, суко!

— Та ви вже задовбали мерцям коси заплітати! В сраку Моррісона! В сраку Башлачова! — Кольчепа прилетів та знову сів під батареєю. — Нормальний хлоп цей Гаркін.

— А де ти його бачив?

— Та тут і бачив.

— Він сюди часто заходить, з регулярністю патронажної сестри.

Сенс розмови вислизав. Мені захотілося сховатися десь. Я пішла у вітальню та всілася в крісло. Кішка була десь тут, але я її не бачила. Я закрила очі, і мені здалося, що вмираю. Щось прошурхотіло поруч. Мене поцілував шимпанзе, після чого він включив грамофон, і я відлетіла. Звідкись згори я бачила себе, танцюючого пуделя і шимпанзе.

Зайшов Ольховський. Зняв водолазку. Його тіло затріщало та заіскрилося статичними розрядами.

— Зараз перевдягаюся й виходимо. Все добре?

Я начебто прийшла до тями. Сиділа і розглядала книгу та Ольховські дрібнички. У наш час дівчата стали абсолютно простими, як дикунки з островів: щоб їх притягувати і втримувати біля себе деякий час, що складало основне заняття Ольховського, необхідно вдома мати розсипи дешевих дрібничок, картинок, колечок, бісерних іграшок та цепелінів.

Андрійко, взявши деякі зі своїх блокнотів, інші так і залишив розкиданими по кімнаті, неначе від'їжджав на два дні та не страшився ніякого урагану. Він знав, що ввечері прийде з контори папа, але чи знав він, що взагалі таке від'їжджати назавжди? Ми з ним їхали разом, але абсолютно по-різному, різними дорогами і навіть у різні міста.

Під кінець він став набивати свій одяг всякими потрібними приладами: навіть у підгорнутому рукаві сорочки в нього лежав гребінець. Він любив частенько брати люстерко (його він теж ніколи не забував), причісувати волосся набочок та дивитися на слухняного хлопчика Андрійка.

— Ну що ж, присіли на доріжку.

Ольховський по-хазяйському витягнув із шафки пляшку рому, там залишалося трохи, і розлив на чотири чарки, потім відламав лист столітника і додав кожному по краплі зеленого соку.

Ми мовчки випили і пішли вдягатися. Я пов'язала на голову бандану і натягнула берці. По ключицях стукав цепелін.

Ольховський поправив п'ятку латунною лопаткою, і ми вийшли.

Подіяв ром. Мене наздогнав новий підйом настрою, я вже відчула себе поза цим містом. Зовні це ніяк не проявлялося, я тільки трохи посміхалася від задоволення. Нарешті почався рух. Було так радісно та спокійно.

У дворі каталися діти на роликових ковзанах.

Кольчепа вскочив у машину й від'їхав.

— Вважай, светра ти йому подарував.

— Поверне. Нікуди не сплине.

Енді поніс мого наплічника. Він не припиняв давати нам поради і розмовляв з Ольховським про його паспорт, тому так і не вдалося отримати паспорт і він обходився довідкою, що дуже засмучувало й турбувало Енді.

Двір визолотило сонце, освітило великооку Сейлормун, розіпнуту на асфальті, — здавалося, сюди доноситься дихання Владивостока. Я мимоволі посміхнулася. Раптом відчула себе персонажем підліткової бі-бой манги.

Друга хвиля була якоюсь сонною. Перехожі здавалися рельєфами, що рухалися так, неначе фігури людей самі собою виникали в димчастому кварці.

З освітленої частини вулиці пружинистою ходою прямувала худенька дівчина в світлих картатих брюках. Вона дійшла до перукарського салону й різко повернула. Її підстрибаюче волосся ритмічно відкривало шийку. У руках вона несла дві рапіри. Рапіри теж тремтіли в такт ході. Вона перетнула вулицю і зникла в провулку, за рогом жовтого будинку.

Ми прямували до бабусі Ольховського, яка мешкала неподалік.

Хмари остаточно розвіялися.

До вулиць та дворів повернулося пастозне київське літо, написане густими щедрими мазками.

Цокали білки в ботанічному саду.

Бабусин дворик був відгороджений від схилу широкою кам'яною стіною, увитою хмелем.

Ми зайшли в під'їзд і піднялися на четвертий поверх вузькими високими східцями.

Прадід Ольховського, батько бабусі, співав на хорах Софійського собору з маленьким Сержем Лифарем, і бабуся по цю пору цим пишається. «Чистісіньким альтом!» — передражнив її Енді. Він переживав, що бабуся почне про це розповідати новій жертві (тобто мені) і затримає нас ще години на півтори.

Тут було темно, високе півциркульне вікно між поверхами було наглухо забите металевими листами. Ми підійшли до важких дверей і постукали. Двері нам відкрили стара, вона не дивилася на нас і була зайнята тим, що виколупувала з волосся шпильку, іншу вона слинила у роті, її сива голова тремтіла й погойдувалася на маленькому сухенькому тілі. Ми ввічливо привіталися з нею.

Стара благословила діточок та наказала їм бути обачніше, після вони обнялися, на мене вона уваги не звертала, ніби мене й зовсім не було, втім, вона так із-за рогу уважно поглядала в мою сторону, коли радила остерігатися сумнівних осіб. Вручила Андрійчику целофановий пакет, куди насипала грильяж та макових сушок.

Ми залишили її, спустилися й вийшли, після чого Енді з нами попрощався, віддав мені наплічника, і ми пішли до вокзалу.

У нас, напевно, був дивний вигляд. Варто було поглянути тільки на Ольховського. Фляжка на ремені, берет а la Че, підіткнутий за пояс, темні окуляри. Він такий зосереджений. Ватажок із тверезим поглядом, спрямованим удалину. Андрійко стояв до мене в профіль і дивився убік, але насправді він поглядав на мене, точно так, як і його бабуся за пару хвилин до цього.

Гнітюча пауза.

Так буває, коли дві чужих насправді людини їдуть у ліфті до одного з них у квартиру займатися любов'ю, коли їм насправді навіть

C EA 2019

нема чого один одному сказати, і якраз у ліфті це стає зрозуміло, тому що решту часу вони зайняті розмовами про музику, про готичну сюїту Бельмана й токату Відора, приготуванням чаю або роздяганням. А тут раптом така пауза, коли стає ясно, наскільки люди чужі один одному, що у кожного свої думки і свій світ. Вони їдуть в одному ліфті та знаходяться в різних світах: він у своєму придуманому світі, вона — у своєму, адже цей момент — продовження абсолютно різних життів, непотрібних одне одному.

Ближче до вокзалу доводилося протискуватися через натовп. Повз нас ішли циганчата, в одного з них за спиною, в квітчастому простирадлі, сидів малюк. За ними шкандибала літня городянка з двома дітьми, шарнірні дівчата вели гостроносого добермана з кавовою дупкою. Плаксивий хлопчик у зеленому костюмчику їв печиво і випльовував крихти на груди батька. Їх ледве встигала наздоганяти вагітна жінка в тонкій сукні (видно було, як під декоративною пряжкою ворушився її гомункулус). Бомжі спали на парапетах.

Ольховський зайшов купити цигарок. Назустріч мені рухався чоловік із вудкою та полотняною сумкою, він випустив з сумки чорного маленького цуценя спанієля, і той віддано побіг за першою ногою, що трапилася, яка виявилася моєю.

І тільки коли ми наблизилися до вокзалу, я раптом усвідомила, що ми й досі в Києві, що я є його частиною, що це звичайний день, що я зараз можу зайти додому, пообідати і жити далі своїм розміреним казармовим життям, і ніхто навіть не помітить мого зникнення.

Біля входу в будівлю вокзалу стояв офіцер, він зупиняв усіх громадян у військовій формі й запитував у них документи.

Раптом я відчула себе Джорджем Плейтеном, коли той втік із Притулку, і йому увесь час здавалося, що будь-який поліцейський може його зупинити і дізнатися, що він — Людина без Професії.

Дим з величезних труб «Ленінської кузні» тінню падав на стіни протилежних будівель, сонце ніби не заходило туди, тільки золотило остистий силует міста. Жахливе місце — вокзал. Завод із гнилим ставком та корпусом, схожим на броненосець «Потьомкін», КБ цього ж заводу і венерологічний диспансер.

Мені раптом здалося, що мене вже шукають, і я стала запитувати у Ольховського, чи має хтось право розпочати пошуки. Ольховський поцікавився, чи виповнилося мені вже вісімнадцять, а потім почав у барвистих подробицях пояснювати мені те, що я й без нього добре знала. Але мені бачилися чомусь ланцюги солдатів, рації, вертольоти та палиці, в мене знову виник тваринний страх, немов у кішки, яку молоденький солдат спалить зараз у котельній собі на забавку.

7

— Що ти малюєш, коли розмовляєш по телефону?

— Бензолове кільце. Потім формулу фенолу. Фенолформальдегідної смоли. А якщо розмова сильно затягується — реакцію вулканізації каучуку.

В палатах зараз неймовірно шумно — санітарки закип'ятили воду, і увесь наш пандемоніум кинувся підмиватися. Це означає, що цілих три години не можна буде вийти покурити в душову. Мене іноді пригощає дівчина з четвертої палати.

Сьогодні я нарешті поспілкувалася з психіатром. Мене привела до нього куца стара медсестра, яка всю дорогу скаржилася, як їй мало платять, і просила часто зупинятися й чекати, коли вона розітре свої набряклі гомілки, затягнуті у вовняні панчохи. Її дитячі шпильки з метеликами та ягідками блищали в сивому волоссі, а я користувалася моментом, щоб озирнутися по сторонах і насолодитися терпким запахом уранішнього лікарняного парку. На прогулянки мене ще не випускають, тому похід до психіатра в інший корпус став справжньою подією.

Психіатр попросив розкласти по смислових групах картки із зображеннями різних живих і неживих об'єктів (велосипед, сонце, кішка, огірок), а після, переконавшись у тому, що в мене присутні елементарні поняття про оточуюче, бавив мене чимось на зразок тесту на коефіцієнт інтелекту. Він із такою торжествуючою посмішкою ставив мені чергове складне питання (типу «Що північніше — Іркутськ або Якутськ», або «Хто першим зробив вакцинацію віспи? а) Дженнер б) Луї Пастер в) Едісон»), що мені здалося, ніби він за рахунок нещасної пацієнтки бажає запевнитися у своїй величі. Ця його посмішечка мені порядком набридла за час нашого спілкування.

Поки він ходив до шафи ще за якимось тестом, я роздивлялася книги на його столі. Захоплюється Карен Хорні. Зрозуміло. Шукає симптоми «заперечення вагіни» та виловлює страхи пубертатного періоду. Напевно при наступній зустрічі запитає, чи боялася я крові, коли в мене почалися перші менструації.

Тести доктор брав з методички по фізіології ВНД, за якими покійний нині Чайченко тренував нас у другому семестрі, довелося вкотре замальовувати «розбитий день» та «легку ходу», що вже набили оскому.

«Знаєте, діти, ефект кольорового зору відкрив великий німецький фізіолог Ґете. Та не забувайте, він також був поетом».

Після цього я ще десять хвилин сиділа в приймальні, чекаючи, коли за мною повернеться сестра, і дивилася, як у вазоні, схожому на саркофаг, серед квитів повзає клоп-москалик, то ховаючись у тіні, то знову спалахуючи червоними плямочками в сонячному промені. Медсестра прийшла, смикаючи за рукав абсолютно аутичну молоду шатенку з риб'ячими очима, труснула головою, вказавши мені на ліфт, і відвела нас назад до п'ятого відділення.

Дні тут тягнуться як роки, плин часу переривають тільки сніданки, обіди, вечері та мерзенні процедури. Мерзенні, тому що вітаміни зобов'язані колоти всім, а не в усіх приємно роздивлятися корму та спідню білизну. Іноді тим, що особливо відзначилися, дозволяють вранці мести двір із санітаркою. Теж свого роду розвага.

Всі вже розляглися по ліжках. Чутні тільки голоси санітарок, величезних огрядних цербериць, які вже за годину, вклавши всіх у палатах, поваляться спати самі прямо на лавках у коридорі, нічим не накрившись, і голосно хроптимуть. Санітарки, як я могла переконатися — це й досі найдієвіший засіб сучасної психіатрії.

Новеньких сьогодні немає.

І моторошно. Чомусь тут моторошно всім, навіть санітаркам, які як камені, прив'язані до кожної руки і ноги, заважають злетіти. Можливо, тому що тут були раніше чернечі келії, і метрової товщини стіни досі пам'ятають нічні баталії ченців із демонами. Ще німці проводили тут досліди над полоненими під час війни. Один випадок розглядався на Нюрнберзькому процесі — двісті чоловік прямо в корпусі отруїли газом, а потім звалили в яр Кирилівського гаю. Можливо, в цьому самому корпусі. Навряд чи про це розповідатимуть. Але ж я тут не на екскурсії.

8

Ми увійшли до тісної комірки приміського вокзалу, щоб глянути на розклад. У комірці майже не було людей, тільки огидна стара сиділа на вузлах і флегматично жувала хлібний м'якиш, втупившись у ґрати високого вікна. Електрички здавалися мені ворожими тваринами, тотемом чужого племені.

Ольховський вивчав розклад. Я не розуміла, куди і навіщо ми їдемо, але ватажком був призначений він, і мене поступово опановувала мармурова байдужість, яку можливо було б порівняти зі спокоєм, якби в її тріщинах не гніздилися змії.

Відчуття свободи втрачається завжди, коли один розуміє сенс руху, а інший віддає свою свободу йому, немов шаманові, щоб шаман повернув його душу з нижнього світу. Але шаман не поверне душу. І тепер, опанувавши мою свободу, цей всюдисущий шаман тягне мене по приміських платформах між волаючих старих, і мені немає до цього ніякої справи, я знов не є присутньою. Справжнє відчуття свободи — це дивовижне, рідкісне почуття, як наближення смерті.

— Можна вважати, нам пощастило. Я так і розраховував! Електричка через десять хвилин відбуває.

Хмари затягнули небо, сіра ворона кричала зле.

Він сказав, що нам краще залишатися в тамбурі та не проходити до вагону, ми всілися по обох сторонах від входу на власні речі. У тамбурі стояв запах гнилого часнику, постійно юрбилися люди, одні, як і ми, вважали за краще їхати, не заходячи до вагону, хтось готувався до виходу. Зустрічалися і досить милі молоді жінки, не понівечені ще надмірною працею. Хтось виходив палити. Гриміло дверима, стукало усіма частинами електропоїзда, сопіло, теж по-електричому, розмовляло по-базарному і заповнювало мене цигарковим димом. Воно. Стекла були брудними, що створювало ілюзію затишку, відділяло від завікна, я дивилася на дерева крізь відкриті двері, на дороги, що стікають до полотна, поляни, рахувала коней, що попадалися мені на очі. Я люблю околиці Києва, гублюся в часі, і для мене не було б дивним побачити там князівську дружину або, скажімо, Іллю Муромця. Ото, їде він такий собі на коні, сонце, а під дубами — тінь, птахи опівдні на жарі замовкли, а біля самої ноги Іллі Соловей-розбійник трепече, губи в нього пересохнули, око із косицею вибите, і вони мовчки їдуть тут.

Електричкою я взагалі їздила всього двічі в житті — одного разу до Петергофа, коли приїздила в Ленінград, та одного разу — на Волочаївську сопку. Ми їздили туди всім класом, коли після реставрації там знову відкрився музей. Була зима або пізня осінь. Я пам'ятаю тільки нескінченно довгий міст через Амур. Ми читали дванадцять подвигів Геракла (Керинейську лань — понад мостом), відривалися від книги — а міст все не закінчувався і не закінчувався. Пам'ятаю, як ми піднімалися на сопку, як стигнули руки, а уздовж дороги до вершини бігали, підібгавши хвости, ламаючи жовтуватий сухостій, голодні собаки. Місцеві жителі, закутавшись у вовняні хустки, в борсучих шапках, продавали гарячу їжу і чай з китайських термосів. Пам'ятаю червоний прапор, засніжені сусідні сопки з чорними деревами і маленький двоповерховий музей, і старичка-доглядача, що оправляв матроську форму, пам'ятаю сходи на другий поверх, а потім — знову потяг, довгий міст через Амур та Геракл із Стімфалійськими птахами, він їх вже всіх перестріляв, а міст усе не закінчувався.

Наступного дня випав перший справжній сніг, а я захворіла. Я сиділа на ліжку, абсолютно одна, в голові легко дзвеніло, а з носа чомусь йшла кров, і від цієї крові було так тепло, добре, мирно в цьому зимовому схроні. По китайському телебаченню мелькав старий-престарий мультфільм про Дональда Дака, коли він прийшов у перукарню, і йому замість голови причесали гузку. Саме так, це був понеділок, тому що по понеділках жоден канал з ранку не працював, пробивалося тільки китайське телебачення.

І я п'ю чай із лимонником у кухні, і кров вже перестає йти, я сідаю на підвіконня і дивлюся, як падає сніг на кострубаті абрикосові стволи.

Я згадую безкрайню, дику далекосхідну весну, що анітрохи не змінилася з тієї пори, коли її зображував ще Чжан Дзедуань, перші вологі вітри з Амура, газетні повідомлення про те, що в місто з тайги забрів голодний ведмідь, та хлопців-однокласників, що неодмінно збігали по весні в Шаолінь. Чорні кульки, що падали у важкий весняний сніг зі старої липи, і початок літа. Дивні діти мешканців узбережжя, маленький блідий, безкровний Віталик Буранов, що бродив по греблі та пляжам у пошуках залишків їжі. Його похмура супутниця Шурочка Федяніна, з родини якихось сектантів-старовірів, подорожуюча з ним тільки з дитячого милосердя. Амурська круча над вузькою пляжною смугою. Мокрі камені, один

з яких зображував черепаху, інший — двох людей, що сидять один до одного спинами, а насправді є одним цілим. Скелет кита. Історія про розстріляних на кручі скрипалів. Удегейська людина-лисиця, що вийшла на полювання десь там, за сопкою Двох братів.

Який-небудь всепогодний Мі-28 торохтить над сирими осінніми березами, прямуючи туди, до Сіхоте-Аліню. Промокла вітрівка. Десь у часі, нескінченно далекому та каламутному, як докембрійські сльоті земної історії, сховалося моє дитинство.

Десь там мене приголомшували фестивальні вулиці, запруджені різнобарвним людом, чорна дівчинка мого віку з яскравими дредами, переповнений аеропорт, японці, що збирали для мене оригамі з кольорових квадратиків паперу, дихання планети, що вже переходило у вологу втомлену задишку. Грегг Аракі правий, наше покоління — тільки жалюгідна відрижка шістдесятих. Як добре, що я ще пам'ятаю часи, коли Токіо і Лос-Анджелес, Касабланка і Єреван билися в єдиному сердечному ритмі — цей фантастичний вихор, що зачепив кожного, — весь світ був такий величезний і в той же час простий, як на виблискуючому табло радіоли, де Париж, Владивосток і Пекін вишикувалися в одну лінію.

Потім був Чирчик. Сухий вітер із полігонів, тала вода стікає зі схилів і оголює скорчені трупи собак, кішок та граків. Запах талої води та псини. А після в долині розквітають макі, і ми ловимо скорпіонів у склянки. Мій друг Батаєв. Його мамка в брудному халаті з козою, силуети газгольдерів на горизонті — щось, схоже на «Час циган», журнал «Кур'єр ЮНЕСКО» або «Surviving together». Ми з ним багато читали, а потім втікали у степові пагорби дивитися, як розстрілюють полковника Ауреліано Буендіа.

Ближче до Ворзелю людей стало більше. Робітники. Розхристані солдати з їх слизькими сальними поглядами. Ольховський поводився зі мною незвичайно дбайливо. Потім я дістала єдину книгу, яку взяла з собою в подорож, і почала читати. Ольховський зацікавився, повільно перегорнув сторінки, віддав книгу мені та щось розчулено промовив.

Доки все навколо крутилося, все змінювалося, все закінчувалося, все тимчасове, окрім мене, я читала і згадувала щось не для майбутнього, а для того, щоб усіляко підтримувати себе в стані, відокремленому від повсякдення, тільки так зовсім забувається страх.

Я закрила книгу. Дивилася у вікно. Ольховський спостерігав за мною ніжно, задумливо, намагаючись витеребити загадку, мені

теж часом здавалося, що він знав про мене більше, ніж я сама знала про себе, я вже стала частиною його вигаданого світу, і цього важко було позбавитися. Якщо людина хоче бачити тебе таким, яким вона тебе вигадала, що б ти не робив, тобі важко буде зруйнувати її вигаданий світ і твій образ у ньому.

Люди... Вони почали лякати мене. Коли ти є частиною свого дому, свого кола друзів, своєї родини, ти їдеш у тамбурі з цими людьми і ти як би не з ними. Тобі нема чого їх боятися: брудних Джеків, висловлюючись мовою шимпанзе, п'яних вбивць, що виповзли з придорожніх канав, щоб похмелитися, п'ятдесятирічних незадоволених шматків м'яса, придатків до власних фалосів, усього, що там зібралося, цих безвійних лисих очей, що дивляться на твої окуляри, пітних сорочок під забрудненими мазутом турецькими светрами, блискучих брюк, людей, чий світ — це нічні пригоди зі свинцевими жінками, важка фізична праця, а просвіти між цим залиті горілкою, їх сильні жилаві руки та важке дихання, їх несподівано спалахуючи вологі бажання. Коли ти є частиною якогось свого світу, то ти і живеш постійно в ньому, і навіть якщо ти випадково опиняєшся серед них, то ти все одно не з ними, для тебе це просто забавна картинка, як розбита пляшка біля залізничного полотна, безногі лишаясті собаки, обмочені стіни та перегорнуті сміттєві баки, клаптеві цигани та продавці цигарок — усе це прослизає повз тебе. І тільки коли ти стаєш відірваною людиною, коли ти не маєш нічого, окрім себе, ти завжди знаходишся там, де ти знаходишся.

Ось я їду в тамбурі з ними, і я дійсно з ними, я не є частиною якогось свого світу, я — тут, опиняюся з ними в одному світі, і я це бачу. Поруч стоїть сива пані з дитиною, вона не в цьому світі, а ось цей чоловік у тільнику, який втупив у мене свій погляд, він знає, що ми знаходимося з ним зараз в одному світі. І це народжує страх. Перебуваючи у підземному переході, ти відчуваєш цей страх, коли перехід — це не перехід для тебе, а точка в просторі, притулок, як для тремтячої жебрачки та кострубатого сліпого.

Врешті-решт, я сама цього хотіла. Людина extra, людина ex, людина без статусу, без визначення, без опори, «not insane enough for the asylum, not criminal enough for the jail, not stable enough for society».

Ольховський — той завжди вдома.

— А що як контролер?

Він байдуже знизав плечима і відвернувся до вікна.

Ми вийшли у Ворзелі та рушили по платформі.

Навколо було тихо й безлюдно. Нечутно пробивалася трава.

Плоске селище, схоже на материнську плату процесора. Багатопролітні промислові корпуси з пузирчастими витяжними шахтами, «Шиномонтаж», огорожа, собака, повержена опора лінії електропередач. Станція радіорелейного зв'язку — височіє стовп, розтягнутий струнами над пустирем.

Ми йшли Ворзелем, назустріч рухалися дерева, пил, двоповерхові будинки, сколіозні вазони, завішені замками пивні бочки, дерев'яні будівлі, в них — втомлені жінки з сірчистими обличчями та немовлятами на руках. Праворуч від дороги тягнувся невеликий одноповерховий магазин із притуленими до його стіни велосипедами. Нам зустрілися двоє молочних дівчаток дискотечного віку, вони помітили нас, переглянулися і засміялися. Я брела, нахилившись уперед, втупившись очима у власні берці.

— Ти неправильно носиш наплічника, відхилися трохи назад.

Я спробувала відхилитися — це було ще гірше. Наплічник стомлював мене не стільки своєю важкістю, скільки взагалі своєю присутністю. Лямки різали плечі.

— Ерна Вільгельмівна має бути вдома. Дивовижна жінка, маю тобі сказати, не жінка, а «хлопчик із феноменальною пам'яттю» — пам'ятає все у своєму житті — втім, це спадкове — її сестра була особистою стенографісткою Сталіна і пам'ять мала виняткову. В житті треба побоюватися таких жінок.

Дворики, лавки з матусями, блідими тінями в звисаючих ситцевих халатах, що очікували на якусь розвагу — похорон або весілля.

Одного разу в дитинстві я завітала до знайомої дівчинки, ми збиралися йти на ковзанку. Волосся в дівчинки було біло-білим, льняним, і ковзани теж білі, а у неї в передпокої, біля вмивальника, стояли, притулені до стіни, дві добре обтесані дошки. Я знала, що в неї нещодавно померла мама, і мені було цікаво, мені навіть запах в її кімнатах здавався незвичайним. Дівчинка казала, що треба вчасно прийти і приготувати батькові вечерю, що він повернеться зі зміни голодний і що він її, звичайно, жаліє, але, коли голодний, побити може. Вона помітила, що я перелякано дивлюся на дошки. «Оце, мама ж нещодавно померла, робили труну, і дві дошки залишилися, ти подивися, які хороші дошки. Ніяк не можемо продати, батько все шкодує, що даремно він ці зайві дві дошки замовив».

Щебениста доріжка вела до будинку Ерни Вільгельмовни.

Про щось курила у вікні престаріла пані, під її вікном красувалася безкрила «Победа» (Nika apteros). Навіть дворик влаштований був тут дуже принадно, його облямовували короткі кущі акацій, а біля парадного входу до верхніх вікон спрямовувалися обрубані стволи білих тополь, увиті хмелем.

Вдома її не було, ми спочатку постояли в темному гроті біля дверей, потім сіли на ступені. Він поклав свій поетичний блокнот і сів на нього. Побачивши, що я збираюся сідати прямо на голу сходинку, він зітхнув, дістав з наплічника дорожні карти і подав мені: «Тобі ще дітей народжувати!».

По сходах повільно піднімався слинявий карапуз у коричневих штанцях із жовтими плямами — ймовірно, зіпсованих хлоркою, і витріщався на Ольховського. На лобі малюка червоніла велика бляшка — слід комариного укусу, рот був вимазаний присохлим сиром, а липка тягуча слина віжками висіла від підборіддя до грудного ґудзика сорочки. Проте, він упевнено переставляв свої жирні криві ніжки і дивився на нас гордо, почуваючи себе хазяїном у цьому будинку.

— Підемо надвір! Тут якось задушливо.

Вийшли. Він палив біля під'їзду, струшуючи попіл у вазон. Туди всі струшували попіл. Недопалки, листя волоського горіха, пачка «Честерфілда» та зім'ята серветка.

Ми ще довго бродили по дворах і вуличках.

У колишньому санаторії — лікеро-горілчаний завод, видно було вікна розливного цеху. Гриміли пляшки.

Земля, потріскана, як соски анемічних годувальниць.

Вітром та жаром піднімалися догори світлі точки березового насіння. Пов'янули доглянуті кущики відцвілої таволги, колисалися листя горобини.

Коли ми повернулися у двір, по ньому розліталися білі сніжинки — стара перебирала пух у перині, розкладеній на лаві. Хлопчик катав на каруселі рудого собаку з білими бакенбардами на стегнах. Його тонконога сестричка мучила курча, яке різко, неприємно пищало.

Ми піднялися по сходах, зайшли в темний грот, і Ольховський подзвонив у двері.

Собачий гавкіт, ворушіння живої огрядної плоті — це завжди відчувається, коли двері йде відкривати огрядна важка хазяйка, такі кроки, а ще на ходу вона встигає поправляти помічений безлад:

піднімає шарф із підлоги, важко нагнувшись, потіючи, дихаючи жиром. Голос цьому відповідав. Я відразу уявила засалений шовковий халат, обвислий на грудях. Двері відчинилися — і образ втілився. На грудях помітний був зморщений жнивний загар землистого кольору, і його межа з білою, огидною білою масою грудей, і коричневе обвисле обличчя в дрібних кучериках, що пахли провінційним перукарським салоном із липким папером для мух на підвіконнях.

— Вітаю, дорогенькі! Нарешті!

Вона була схожа скоріш на бордельну економку. І посмішка — багато дрібних зморшок біля очей, натягнуті кути губ, очки в складочках — зирк — на мене — якась мить, а потім знову на нас обох люб'язними оченятами:

— Подорожуєте, значить?

— Так, тітонько!

Вона поцілувала Ольховського в губи. Мене зацілувала теж.

Потім почала з ним цвірінькати, поки ми знімали верхній одяг.

Собачка, така маленька біла брудна сука, увивалася поруч. Звичайно, Ольховський відразу ж після поцілунку з хазяйкою поговорив із собаченькою і обласкав її. Хазяйка виглядала так, ніби він її обласкав, а не собачку. Мерзенна така істота, хоча, це швидше моє враження від хазяйки, перенесене на собаку, а потім вона стала мені навіть симпатична, помітно було, що ця досить розумна сучка вимушено грає дурепу, як стара актриса, як деякі діти грають в дітей, гаркавлять з дорослими, роблять дурниці, а між собою дуже часто — такі жорстокі, без масок, доросліше за самих дорослих.

Довгим коридором ми пройшли на кухню, все це супроводжувалося потоками фраз про Енді, про Шізгару, про всіх знайомих та родичів.

Мене офіційно представили, вона знову потягнула кути губ і зробила зморшки. Вона була така діяльна, неначе не проводжала нас, а сама збиралася від'їжджати, він її представив мені тільки для того, щоб попутно наговорити компліментів.

Темне приміщення, мереживо на дзеркалах, столики з серветочками, тридцятирічні флакончики від парфумів та сердечні краплі з хмелевою олією, звідкись із задніх вікон запах свинарника, на стінах — картинки з кішечками та собачками, портрет капітана, під стіною звалено взуття та віник, обтягнутий жіночою панчохою. Над старим кавником, у якому поміщалися гілки верби, велике панно з соломки та полотна з бахромою, ієрогліфами та китайською рибою.

По радіо розповідали про сусальну стабільність, в кімнаті зберігала тишу глиняна свинка. Сухі фізаліси в плетених кошиках. Важкий бакелітовий телефон на серветці.

Вечір був світлий, такий безсонячно ясний. Маленька кухня, велике вікно з широким підвіконням та ніша з дерев'яними стільцями під ним, запах прілих прянощів, світлі плями на паркеті, «веселенькі» шпалери. З вікна виднівся дворик та втомлені липневі каштани.

Собачка звично стрибнула на табурет, з нього — на підвіконня, і там уляглася на підстилці, і то у вікно дивилася, то на нас, то дрімала, потім її, як справжню ревнивицю, здолала гикавка. На підвіконні поміщався ще дерев'яний хлібник, на ньому — газети і три книги: «Сцени з життя богеми», підручник китайської мови та книга для хазяйок, найбільш зачитана, Анрі Мюрже засалений був менше, китайську мову можна було назвати незайманою, коли б не дві потривожені сторіночки, мабуть, тут робилося декілька спроб вивчити її. Замість блокнота — блакитна книжечка пільгових купонів на дитячі товари. Настояні на спирту волоські горіхи.

— Чим я вас зараз пригощу! В мене ще є такий коньяк, такий коньяк! Хоча його там майже не залишилося, це справжній коньяк, ще з Пасхи, мені його привіз, — за цим послідувала довга історія пляшки коньяку, потім Ерна Вільгельмівна важко піднялася і сховалася в глибинах своїх кімнаток, шаф і шафок, комодів і серветочок, чулися тільки її важкі кроки та скрип меблів, що вона пересувала. Вона налила нам усім по п'ятдесят і стала різати бутерброди, при цьому вона так швидко рухалася, що надліктеві ямки її тряслися, як у густому киселі.

— Ну, діточки, щасливої вам дороги, дай вам бог, дай вам бог.

З Ольховським вона розмовляла про якихось спільних знайомих, передала йому книгу про утримання мускусних качок, щоб він її передав якійсь пітерській родичці. Ольховський їв оселедця і особливо смакував довге блискуче молоччя.

— Ще Наталка мала дещо мені передати з Криму.

— Вона прислала тобі такого симпатичного ведмедика! Ви з нею розминулися буквально на пару днів. Зараз принесу.

Собачка зіскочила з підвіконня і процокала за нею в кімнати.

C E 12 O 19

Хазяйка принесла окатого плюшевого ведмедика з хрустким черевцем та м'якими лапками, які приємно м'яти в руках, — під пальцями неначе перекочувалися бісеринки. Я потріпала його за лапки і віддала Ольховському.

Той описував мені похідні подвиги Ерни Вільгельмівни, а вона давала поради:

— На ночівлю ставайте біля автобусних зупинок, тільки, звичайно, не на них самих, а десь поруч. Біля такої зупинки зазвичай росте, знаєте, така крислата верба, — і вона розчепірила пальці, свиноподібно зігнувши стан, — ось під нею можна добре відпочивати.

І вона ніжно на нас подивилася, як на любовну пару. Потім детально розповіла, як розправлятися із спальним мішком і розстеляти ковдру, кілька разів попередила, щоб ми не забули підкласти церату, потім вдалася до спогадів:

— Якщо ви проїздитимете повз Новгород, там десь є такий монастир, ми були там рано вранці, коли тільки сходило сонце і осявало золоті купола! Це було таке божественне видовище, то якщо ви там проїздитимете, обов'язково зупиніться на ніч і зустріньте світанок.

Мене мутило від її коньяку та від її розмов.

— Тут недалеко проходить траса, — продовжувала вона. — Але вже темно і до неї досить далеко добиратися, давайте, ви заночуєте у мене, а з ранку попрямуєте.

Ночувати у Ворзелі мене не надихало. Другий варіант, заздалегідь спланований Ольховським, полягав у тому, що ми мали повернутися електричкою до Києва, там поїхати на метро до «Лісової» та стартувати звідти. Такого безглуздого завихрення не зазнав навіть Джек Керуак на початку своєї подорожі до Чикаго.

Вони сперечалися, як краще їхати, через Білорусь або через Москву.

— Зараз можуть виникнути проблеми з перетином кордону, розумніше було б перетинати однин кордон, ніж два, — це зауваження занурило їх у наступну хвилю роздумів, і вони знов довго обговорювали мою легковажну пропозицію. А мені вже кортіло їхати через Білорусь.

Поки я взувалася і натягувала наплічника, вона мило дивилася на нас, посміхаючись своєю двососисочною посмішкою, і запитувала мене, чи знають батьки.

Я кивнула.

— Ну, ось і гарно, ось і добренько!

— Покладеш ведмедика до себе?

— Давай.

Замок клацнув. Вечоріло. Тополеві стволи сріблилися у світлі ліхтаря матовими відблисками і були схожі на громіздкі колони.

Ми покидали тихий притулок Ерни Вільгельмівни.

9

Сьогодні вони знов прийшли вдвох — Лєрка та її аспірант. Принесли гарячу картоплю у фользі та виноград.

— Виноград мама передала.

— Ви що, їй розповіли, де я?

— Я схожа на ідіотку? Сказала, що ти лежиш в офтальмології. Щось із сітківкою.

— Добре. З сітківкою.

— Хотіла ще морквину покласти. Почистила. Каже, для очей добре. Ледве відмахалася.

Я тичу пластиковою виделкою в розплавлений сир. Вітер за вікном гойдає гілки дерев.

— Так, і книжка тут для тебе.

— Beautiful Losers. Де відкопали?

— Є один любитель.

— До речі, коли минулого разу ми твої речі забирали, там знайшлося дещо цікаве.

— Об'єкти для хімічної експертизи, кажучи казенною мовою.

— В моїх речах?

— Це твоє? — Лєрка виймає з сумки розпатраного плюшевого ведмедика зі рваною раною на животі.

— Не моє, тобто… Що ви з ним зробили? Ви що, іграшку патрали? Зовсім очманіли, чи що? Ви що, мене в усіх смертних гріхах підозрюєте?

— Він так і валявся в тебе в рюкзаку, швами назовні.

До кімнати заходять чоловік із жінкою, середнього віку. Він підтримує її під лікоть, а вона все витирає сльози хусткою. Сідають за столик у самий кут.

Я переходжу на шепіт. Розумію, що вони зараз зайняті своїми проблемами та їм нема до нас діла, але все одно не хочеться, щоб вони чули.

— І хто тоді це зробив?

— Той, хто діставав порошок, імовірно, —Женя прокашлюється. — Трохи залишилося. Для експертизи досить.

— Ти що, цим теж займаєшся?

Аспірант хитає головою:

— Ні, в мене генетика. Але доки обладнання не завезли, пораюся з серологією. А це я хімікам відніс, до лабораторії сильнодіючих. Там у мене хлопець знайомий.

— І що там?

— Там таке, що цього ведмедика ледве назад віддали. Хлопець обіцяв доки не розповідати нікому.

— Чому доки?

— Тому що це така хрень, один грам якої може вбити сотню людей. З Австрії два роки тому спеціально технологію завезли, щоб цей порошок визначати. «Епідемія» була. Потім джерело прикрили, і ніби на пару років про це забули.

— І що зараз? Порошок...

— Сподіваюся, ти зараз про це своєму начальству доповідати не зобов'язаний? — Лєрка готова вступитися за мене, я це відчуваю.

— Я ще атестацію не пройшов, тому доки це мої особисті справи, і я нікому нічого не зобов'язаний. Ще перевірки тривають. Співбесіди. А потім — так, вже посадовий злочин.

— Тобі що, і форму видадуть?

— Взагалі видадуть, але ходити в ній буде не обов'язково.

— Слухай, так усе, що я зараз пишу, це як? Напевно, тепер краще припинити.

— Ти за кого нас маєш?

— Навіщо? Пиши далі. Тобі це корисно. Бачиш, ти все чітко згадуєш. Це тому, що послідовно. З оформленням вони ще довго тягнутимуть, а до цього часу ти вже вийдеш — я тобі все назад віддам.

— Чітко — не чітко, ніякий порошок я все одно згадати не можу. Пітер взагалі смутно пам'ятаю. Як приїхала туди, пам'ятаю. Квартиру якусь. Макса пам'ятаю.

— Ти, головне, продовжуй. Так само повільно і детально.

СКОРОСШИВАТЕЛЬ
NIHIL
HOPELESS
ДЕЛО № 11235813
КОРОЛЕВСТВО МЕРТВЫХ
И
ВООБРАЖАЕМЫХ
ДРУЗЕЙ
2020 год
хранить ∞ лет
АРТ. 2 - КО
ЦЕНА 9 КОП.
СКИЙ КАРТОННО-БУМАЖНЫЙ КОМБИНАТ

— Точно ти мене не здаси? Щось мені стрьомно.

— Бещенко, добалакаєшся, я до тебе взагалі приходити не буду.

Двері відчинилися, і санітарки ввели під лікті мою Настю. Вона побачила батьків і заревла. Обійняла маму. Я нахилилася до Лєрки та пошепки повідомила, що це та сама Настя, яка в мене закохалася.

— Так досі й бігає до тебе?

— Вже не так часто. Здебільшого в коридорі відловлює. В душ увесь час зі мною намагається піти.

— Так, до речі, тебе психіатр приймав? Ми до нього зайшли тоді, він обіцяв, що викликає.

— Такий лікар... Формальне опитування, картки порозкладала, як у дитячому садку — і вільна.

— А про виписку щось казав?

— Про виписку навіть не нагадуй. Тут деякі місяцями стирчать, на вигляд цілком нормальні. Зейберман, не розстроюй мене.

— Слухай, мені вчора Костіков телефонував. Ти практику збираєшся відпрацьовувати? Він дозволив. Там половина — альгологія, половина — мікологія. З Дідухом ще потрібно буде домовитися. Він, мені здається, теж дозволить. Що вони, звіри, чи що?

— А що там було, на практиці?

— Зараз, щось згадаю. Типи рослинності, там, інтерзональний, ще якийсь, проби брали з озера — бентос, планктон, перифітон. З Дідухом — макроміцети, звісно, по лісу лазили декілька днів. Сивенко загубилася, знайшли потім. Загалом, усе легко відновити буде. По болотах полазиш, проби візьмеш. Ще, цвітіння водосховища — на Київське море потрібно буде з’їздити. Я тобі всі свої звіти віддам — змалюєш, поміняєш там дещо. Там найскладніше — методика визначення деструкції та продукції…

Аспірант встає і демонстративно проходжується по кімнаті, поглядаючи на Лєру.

— Курити хочеться, ми, мабуть, підемо. Картоплю ось цю покласти в холодильник?

— Забирайте, вона, коли холодна, несмачна. Мамі спасибі перекажи.

10

Геть споночіло. Розморені за день вулиці відпочивали, як запрацьовані пралі, прийшовши додому, розстебнувши мокрі сорочки червоними потрісканими руками, сіли, розпатлані, біля вікна, і раділи вітерцю, що проходив по тілу.

Ми рухалися вздовж залізничних ліній, самотніх вагонів, довго переходили через шляхи і нарешті сіли на лаву. Вечірній п'яничка, такий тихий приміський чолов'яга в піджаку, нюхав тютюн і голосно, розкотисто чхав. На платформі стояла дівчина. Дві безформні фігури з кошиками розмовляли про те, що велосипедист запізно вертається з роботи, а він безмовно вів велосипед по колії — ця картина мені так запам'яталася — велосипед через рейки — скік-скік-скоки, скік-скік-скоки.

Найнеприємнішим виявилося це повернення до Києва.

Нас охопив розмірений ритмічний гул підземки. Знята верхня панель на середньому ескалаторі — видно було обертання махового колеса з хрестовиною, як у шаманського бубна, і чотирма круглими отворами.

Прямокутники, окреслені жовтою лінією, рухаючись, перетворювалися на ступені, під стук механізмів величезна трахея всмоктувала нас і випльовувала на платформу.

Пряма дорога на Лісову станцію. Нескінченні сірі кабелі скакали крізь мильні патьоки на стеклах. Дуже мало людей. Виснажені службовці, вони ліниво оглядали вагон — нема чого вивчати, та сама картинка кожного вечору, може, навіть їхали ті ж самі люди. Молода втомлена конторниця в дешевих туфлях і сірому костюмі важкої шерсті, низенька, гостренька, читала крізь окуляри вечірню газету. Вона мене теж окинула поглядом: вельветовий піджак, майка, наплічник, худі кисті висять з рукавів. Коли б вона була молодша, її, можливо, і надихнув би наш вигляд на якусь дурницю, але з віком вона вже ніколи не зможе кинути все і кудись поїхати. Так і їздитиме з роботи і на роботу, поки остаточно не перетвориться на гормонозалежну стерву, розриватиметься між позивами своїх неприборкних амбіцій і прагненням усіма способами догодити чоловікові, перемелена в молоху цієї гонки, вичавлена, як лимон, душевно стомлена, нервово вискалиться на своїх більш юних суперниць.

Тієї миті мені здавалося, що я цього щасливо уникаю.

Людей ставало все менше. Базарні мужики з мішками, брудні картаті сорочки, волохаті руки, сальний живіт та вицвіла бейсбольна кепка з тріснутим козирком на рідкому волоссі, червоні очі без вій, що слиняво дивляться ніби на тебе, а ніби й крізь.

У вагоні було нудно і сіро, пожвавлювала тьмяні стіни тільки коробка екстреного зв'язку з машиністом і червоний вогнегасник у кутку, над лавою, де в калюжі власної сечі спала маленька людина в лахмітті, звісивши, як дитина, до самої підлоги зашкарублу коричневу руку. Навпроти розгойдувався підліток із червоними немигаючими очима. Очі його не рухалися, він тільки іноді беззвучно позіхав, широко відкриваючи пащу.

Станція над Дніпром. Вихід на праву платформу. Двері відкрилися.

Навкруги мерехтіли вогні. Різкий потік вітру — і місто для мене закінчилося, чувся гул автострад — починався real drive, справжня остигаюча траса, величезні швидкості живих металевих нагромаджень.

Прощавай, дорого з жовтої цегли! Прощавай, Володимирська гірка і сяючий хрест над пагорбами, прощавай, Лаврська дзвіниця!

Ми вийшли за скляні двері направо, де був тунель і бетоновані відгалуження виходу, поцятковані цигарковими бабцями, нічні тютюнові крамниці з п'янючими бугаями і дівчатками, що притихають у них на колінах, свічки, обойми рубаних ребер і сушена риба. Собаки вже не бродили, пізно. Запах траси і лісу. Обличчя старих, освітлені палаючими свічками.

— В тебе гроші є?

— Трохи знайдеться.

Він купив буханець хліба і цигарки.

— Ну, щось залишається? Треба витрачати, може, завтра ми будемо вже в Білорусі.

Взяли пиво.

— У теплому пиві є своя особлива привабливість, ні з чим не порівняння, я б казав, привабливість, — він погладив світлі пухнасті зморшки навколо рота сухими венозними руками.

Ми йшли прохолодним узбіччям, віддаляючись від шуму, навкруги придорожні гаї, в яких ховалися то пости дорожньої інспекції, то автостанції, як не замальовані паперові плями на чорному акварельному малюнку. У нас був сплеск вечірньої активності, і ми дійсно довго йшли, залишаючи позаду громовий гуркіт потягів метро.

Берці натирали ноги, дроти роздвоювалися, а озирнувшись, я бачила вогні, від яких ми йшли і не могли відірватися. Ми шпарцірували лівим узбіччям, попереду показався великий майданчик та ліхтарі заправної станції. Музика там волала дуже голосно, оголомшуючи всі зарості навколо.

Як тільки ми пройшли повз, Ольховський оголосив, що вже час влаштовуватися на ночівлю.

Випалена осока чергувалася з усохлими мокрими соснами, плямкаюча, жирна від комарів земля, чийсь кросівок, прив'язана сорочка, що напівзотліла тут, вогнище, нерівності, купина, болотяна трава, пні.

Спочатку ми хотіли розташуватися біля якоїсь кострубатої берези, але потім виявили, що тут нам нестерпно дошкуляє запах мертвечини, чи то старого жирного щура, чи то людини, що напіврозклалася у цьому лісі, незрозуміло звідки, може, з-під мокрого обгорілого ствола дерева.

Ми пересунулися вбік, між чорних пнів; комарі забивалися в ніс, у вуха.

— Як гадаєш, є тут якась вода?

— Сподіваєшся, тепер завжди буде вода?

Він посміхнувся. Мені тоді вперше захотілося його придушити, було ніяково, бруд на обличчі мене дратував, як і комарі.

— Тобі не здається, що це схоже на кладовище?

— Щось є, щось дійсно є.

Ці могили, інакше їх не назвеш, нелогічно розташовані пагорби з обгорілими стволами, що накопичилися під ними. Ми почали приносити слизькі зелені стволи, ламати їх через гомілку і розкладати вогнище. Витрусили на траву, на цю комашну, хвойну, гілкову траву свої речі, щоб стелити свої похідні ліжка.

Випили пиво. Потім я взяла апельсини, це було так гидко, їх чистити та їсти — все в соку, в хвої, в золі. Воду з фляги Андрія ми витрачали економно. Навколо рота все щипало від бруду та апельсинової кислоти.

У спробі заснути я бродила північчі, він давно спав, як мумія, в ковдрі, а я, в нагромадженні светра і піджака, з ковдрою, що волочилася за плечима, бродила у темряві, як примара, розбуджена від вічного сну неврозом, загорталася, стелила, лягала на голу землю і ховалася з головою, стирала брудною лапою з обличчя комарине місиво, тужливо вдивляючись у трасу, по котрій один за одним на трансконтинентальний швидкості гуркотіли нічні трейлери, та підкидала мокрі гілки до кострища.

Безглуздими очима несплячого нічного звіра я побачила пагорб, поряд із ним — дерево. Обпалений пагорб після цієї високої трави та вогкості в спині. Я впала на цю могилу, накрилася з головою ковдрою, намагаючись не відчувати себе, але нічого не існувало, тільки моє тіло, берці, светр та величезне порожнє тупе небо. Нарешті я, виснажившись, відключилася. Це було схоже, швидше, на втрату свідомості, і я проспала так, не втрачаючи відчуття свого тіла та колючої ковдри, напевно, години дві.

Відкривши спухлі повіки, я не відразу зрозуміла, де знаходжуся.

Зі стоянки ще доносилася музика, там були люди, цивілізація, вранці на своїх машинах вони повернуться в Київ за свіжим номером відомостей, в контору. Як я написала б у шкільному творі з англійської. The irony was that from the place where we had stopped for the night we could clearly see the lights of the city.

У Києві прокидалися знайомі люди, шелестіло листя по металевому даху бібліотеки, гуділи горлиці... Герої та боги урбоміфології починали свої вранішні камлання на блакитних екранах. Та ми були вже поза цим. Це, якби душа людини вилітала з тіла, коли вона помирає — саме таке відчуття. Ти тут, але оскільки ти нічого не можеш зробити, щоб усі, хто тебе оточує, дізналися, що ти тут, тебе тут немає.

Я підтягала до вогню гілки і сиділа без руху, мокрий їдкий дим сльозив ока, але рятував від комарів, і відчувалося, як солона вода очищала доріжку на закопченому обличчі.

Трейлери зачастили, кожен з них я проводжала жадаючим поглядом, принесла ще гілок і зробила декілька спроб розбудити Ольховського.

Він повільно, як розумній істоті, пояснив мені, що квапитися немає сенсу, і продовжував дрімати. Для мене час плинув повільно, а йому напевно здавалося, що він тільки заснув, і його вже будять. Які, виявилось, тут страшні дерева — на околицях міста та межі з лісом, що стоять поодинці, лякають, чорні, навіть без гнізд, і темний болотяний вільшняк біля їх ніг, трубки осокових, обламані випадковою людиною. Тут було занадто похмуро навіть вдень, та все, як не дивно, росло відчуття, що ми на кладовищі.

Каламутне акварельне небо ховалося за деревами, продираючись крізь рідкі, але сплутані, нервово прозорі гілки.

Я спостерігала, як Ольховський, згорбившись, смоктав апельсин, обернувшись до мене спиною, розглядала його худу спину, лікті, хребет, що виднівся з-під тільника. Він повільними господарськими рухами готував чай, розклавши на землі увесь вміст свого наплічника, і мені здавалося, що цього за вічність не зібрати: турки з дерев'яними ручками, бляшана табакерка з жовтими туземцями, — все було розкидано в траві, але він був спокійний, як вдома, відкривав бляшанку з анчоусами, діставав чай, ставив кухлі на вогонь.

Крихітний червоний павук, схожий на крапельку крові, пробіг по моїй руці.

Ми поснідали, потім пили чай. Я ковтнула, обпалюючись, свій. Потім згорнула ковдру, витрусила речі з наплічника, поклала туди ковдру та знов ті самі речі — і знову була зібрана.

Потім довго спостерігала, як повільно і красиво Ольховський складав ковдру, розчісувався, з правої верхньої кишені свого жилета він витягнув люстерко, дістав з черевика гребінець, і, тримаючи люстерко на витягнутій руці перед собою, акуратно вкладав волосся набік і розгладжував зморшки навколо губ. Після він ретельно розпрямив на собі одяг, ми загасили ногами залишки вогнища і видерлися на дорогу.

Вітер оглушив мене, мені хотілося рухатися вперед.

Ольховський сказав, що під Києвом стояти і голосувати марно, і ми пішли правим узбіччям назустріч північному вітру.

Віддалення від Києва здавалося якимсь магічним поверненням до нього.

Коли з'їжджаєш униз по Софійській вулиці і дивишся через заднє скло на дзвіницю собору, вона не зменшується з відстанню, а росте, немов велетенський гриб. Це навіть лякає, поки не звикнеш і не зрозумієш, у чому тут справа: вона настільки величезна, що видалення від неї саме собою не змінює картини, а будинки, вулиці, дерева, швидко зменшуються, із швидкістю руху автомобіля, і здається, що це вони нерухомі, а дзвіниця наростає, наростає, неприродно, як у дивному сні, і ось уже зараз тебе поглине.

Так у мене було й тепер: присутність Києва наростала і наростала відповідно до того, як ми відсовувалися від нього. Я з похмурим розлюченням піддала ногою порожню пляшку. Пляшка довго котилася по асфальту і дзвеніла.

Іноді він зупинявся викурити цигарку, а я сідала і відпочивала.

Миготіли стовпи, дорожні знаки, бігборди праворуч, дороги і машини ліворуч. Трейлери на цей час перестали ходити, ми рідко зупинялися.

Помаранчеве та зелене — стіною сосни, тільки вздовж узбіччя прозорий ряд берізок, зрідка раптом, як блазень із брязкальцями, вискакував на дорогу ясен. Запорошений приміський автобус промчав повз нас. Ми йшли від зупинки до зупинки, там ми відпочивали, а потім ішли далі.

Порожні зупинки, без слідів хоч якоїсь присутності людей, порожній сміттєвий контейнер, ані недопалка, ані собаки, ані брудного пакету — все як випалено, мені почало здаватися, що людей немає взагалі.

— На зупинці стояти марно, ходимо, подивимося, що там, за пагорбом. Тут уклін, і ніхто не зупиниться.

На одній із зупинок Ольховський вирішив перевдягнутися в шорти, а тільник змінити на червону майку, робив він це, як завше, неквапливо та уважно.

Червона майка для того, щоб на нас краще реагували. Так смішно було дивитися на худі голі ноги й руки в світлих волосках.

Як ми увійшли до Броварів, вже не пам'ятаю, намагаюся згадати, але згадується чомусь вітряний ранок і як ми сутулимося від вітру. Серед дерев з'являлися будинки, собаки і жінки з дітьми.

В колонках не було води, а Бровари все не кінчалися і не кінчалися. Ольховський повідомив, що вони взагалі ніколи не закінчаться, якщо ми не заберемося звідси на автобусі.

Ми якраз дійшли до зупинки. Промзона. Ворота, оббиті жовтими металічними листами, розміченими чорними смугами, нескінченна біла огорожа з круглими віконцями у верхньому поясі — з-під неї криво ухилялася тополя, і сірі від пилу кущі таволги тягнулися вздовж дороги рівною смугою. Бензовоз гугняво сигналив і блимав помаранчевим вогнем, йому клекотанням відповідав грак, що всівся на горі з металевих овочевих клітей. Біла кубічна будова з широкою під'їзною алеєю за шлагбаумом, овоїдні цистерни блищали на сонці хижим блиском. Накренився жовтий автобус з написом «Тир», розмальований звірятками.

Коза обмотала довгий ланцюг навколо кілочка і ледве могла поворушитися. Вона натужно згинала шию і почухувала рогом роздуте черево.

На зупинці стояла пані в старомодній сукні з набивного шовку з широким білим комірцем, вона тримала кошик зі свіжими овочами і позіхала, двоє молодих хлопців поглядали на нас. Жара вже виповзла на своє літнє пасовище і злизувала з мене піт, я вже нічого не хотіла, крім того, щоб сісти, і нічого не сприймала в мізерній тіні трубчасто-металевої конструкції з колами сидінь.

Я розглядала номери будинків на воротах і гадала, які тут живуть люди. Діти волочили по брудній дорозі заслинений лисячий хвіст, закапаний блакитною фарбою — це був їх Мухтар. Підійшла величезна жінка та її син із сумкою на шиї, вона йому пояснювала, як знайти потрібний будинок, а він уминав булку і дивився на неї немигаючим поглядом. Вони розглядали нас, я у напівтрупній позі, прикривши очі і закинувши голову, дивилася на овочі в їх кошиках, відпиваючи по ковтку з фляги кавалера, все виглядало пристойно, ніхто не здогадувався, що ми ночували в лісі або на старому кладовищі.

Під'їхав автобус, і люди кинулися до нього. Ольховський сказав, що це напевно не наш, але про всяк випадок поцікавився:

— Шановний, чи доїдемо ми цим автобусом до Чернігівської траси?

Шановний дав позитивну відповідь, і ми стрибнули в автобус.

Він повторив своє питання в автобусі, всі хором відповіли, що доїдемо, а шофер закричав, щоб оплачували проїзд. Прохання шофера не мало дії на Ольховського, але я моторно обмацала кишені та вигребла звідти всі гроші, які залишалися:

— Ось. Цього вистачить?

Він якось дивно поглянув на мене, можливо, я дала більше, ніж треба, тому що їхати виявилося зовсім недалечко.

На приладовій панелі лежала газета. Портрет усміхненого шахтаря з донбасівського пекла.

Крізь запорошені штори мелькали будинки, незрозумілі повороти, лісосмуги по сторонах і, нарешті, траса. Пані в сукні з набивного шовку порадила, де краще вийти, і ось ми вже спостерігали стовпи пилу за блакитним автобусом, що віддалявся, перевалюючись збоку на бік

Нам відкрилися ріденькі посадки і безкрайні посушливі поля, ми вийшли на перехресті і напевно не знали, в яку сторону нам рухатися, на асфальті було порожньо, тільки стояв автомобіль радіаційних експертів, на жарі, що розплавляла все навколо, він крутив по перехрестю танцюючою бджолою.

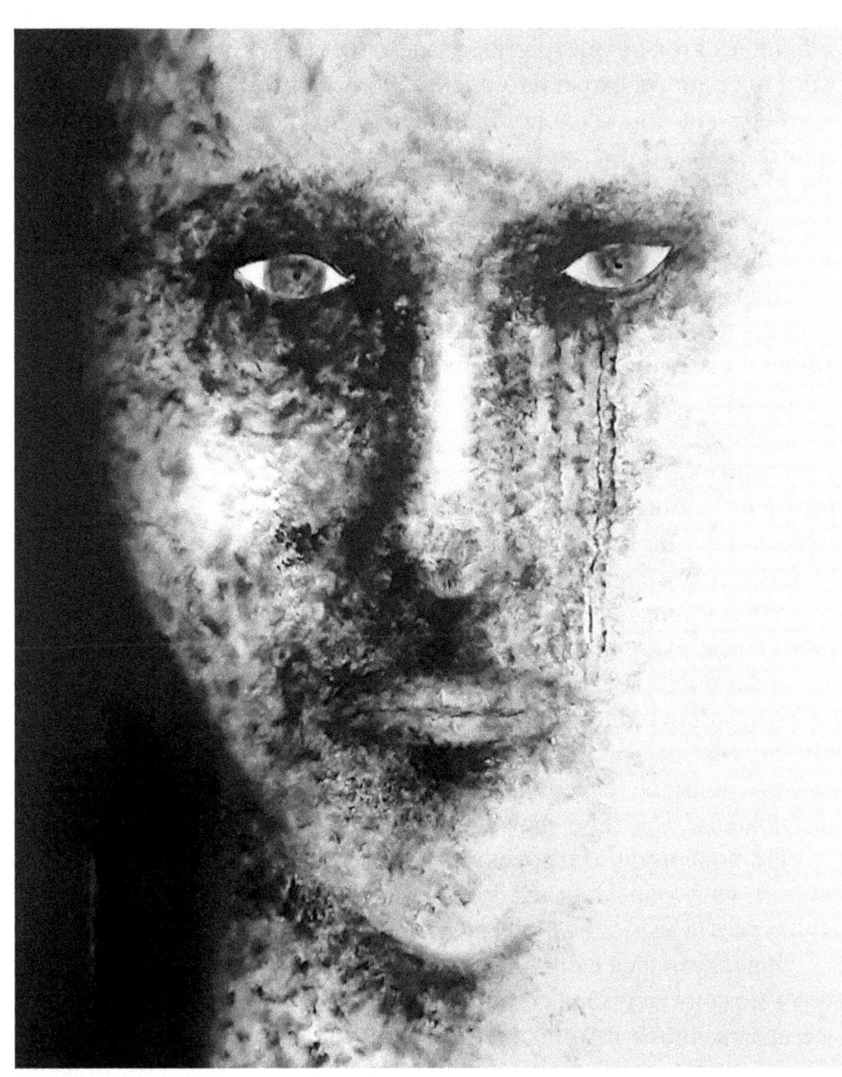

Перехрестя було розміром з Михайлівську площу, на західній дорозі чергою стояли два трейлери, сухо ляскаючи тентами, на східній, що дивно в цій пустелі, стояла бочка з квасом, торговка розмовляла з водіями.

Знак повороту на аеропорт Бориспіль. Трасу було видно на добрий десяток кілометрів, ще здалека ми бачили, як повзуть, далеко один від одного, схожі на маленькі цятки автомобілі.

Цятки на чорних дорогах розкритих степових рук, вертолітний простір, цятки розбухають, наливаються тромби доріг, наближається ніч та смерть.

Ми повільно рухалися до бочки з квасом, вплавляючись в асфальт.

Торговка трусила над квасом своїми фарбованими кучериками, ставила товстостінні кухлі на квадратну металеву тацю, залиту піною, і перебирала гроші червоними тріщинуватими пальцями.

Квас у неї був, звичайно ж, теплий, гроші скінчилися. Ми запитали шлях на Чернігів. Відповідь нам дав водій, і ми пішли у вказаному їм напрямі повз величезний трак-трейлер. Він стояв, звісивши кабіну, як напіввідрубану голову, в напрямі Чернігова, і увесь час, що ми провели на узбіччі, я чекала, що він підніме голову, струсить гривою... але він так і не поїхав.

Ми відійшли від перехрестя на пристойну відстань по широкому узбіччю, за яким починалося горохове поле. Ніяких лісопосадок, немов поголене все до горизонту. Ми всілися на узбіччі та дивилися на жилу дороги, що тягнулася по полях із захмарного Борисполя. Ми помічали трейлер здалека і стежили за його повільним наближенням, не ворухнувшись, гадали, наміриться він їхати прямо або поверне. Частіше, як мені здавалося, повертав.

Не повернув! Ольховський схопився. В цих шортах у нього вигляд, як у обскубаного бройлерного курча. Підіймає руку. Ні. Прогуркотів мимо. І він знову ліг у пил.

Я вовтузилася в сірому пилі, з камінчиків намагалася скласти якусь мозаїку і слухала тріскотню комах, це був прилив напівсмерті, все враз здалося темним і миготливим. Підчас мені мріялося, що Петербург був вже за тим сонячним поворотом, підчас тяга зникала. Ольховський з повислими руками проходжувався по трасі.

Я роззулася. Ноги стали іржаво-бурими, в каламутних мозолях.

— Ще двоє повзуть, — я помітила, як прослизнула ця думка, коли роздивлялася волоски на руці. Звідки б їй узятися? Я подивилася на дорогу — тиша, ніхто не повзе... Але точно тепер пригадала, що бачила, як по жилці рухалися дві цяточки. По руці повзли дві мушки із завитими вусиками, рудими ніжками і темною плямою на кожному крильці. Голова мушки здавалася скляною. Я піднялася й рушила у напрямі скляної голови, подивилася на себе і злякалася. Сорочка зовсім розстебнута від жари, підгорнуті рукави. Тут ноги обпік асфальт, і трейлер зупинився. Ольховський, напевно, не чекав, що я зупиню трейлер, він лежав у позі нерішучої голої жінки, трохи покачуючи стегнами, коли раптом побачив, що трак-трейлер гальмує, хоча й не наважусь стверджувати, що саме він побачив.

Він схопився, підбіг і відкрив двері. Почалося.

— Шановний, ви не підкинете нас у бік Чернігова?

Водій нічим не виявив здивування і мовчки кивнув.

Ми схопили речі і підбігли до машини.

11

Сьогодні — перша прогулянка. День сонячний. Якесь церковне свято. В тінистій альтанці стара жінка пише листа губернаторові, гадає, що має на це право, тому що губернатор подарував її синові розмальованого пряника із зображенням Святого Миколая, давно, на відкритті гімназії.

Я пропоную старій виноград, вона відмовляється, але я впізнаю її по згорбленій спині та зморщеним плаксивим очам — це стара матуся хвацького московського гімназиста Вадима Масленікова.

Це я помітила ще в Печерській Лаврі — там багато можна зустріти персонажів з усіх коли-небудь читаних книг та побачених картин. Пам'ятаю, зустріла одного разу боярину Морозову, живу, моторошнооку, в тому самому одязі.

Я оминаю старовинний корпус з жовтогарячої цегли, з могутніми об'ємними фризами над вікнами першого поверху. Поруч одна з тридцяти веж стіни, що захищала колись Кирилівський монастир, збереглася з 18 століття.

Клопи-москалики вдень гріються на широкій дерев'яній рамі вікна вежі, все усипано червоними цятками, до вечора вони ховаються по щілинах. І купол, приземкуватий, десятигранний, як зефір, із вежею вгорі. Низькі склепінчасті двері.

Завтра вранці Лєрка привезе звіт про практику та польовий щоденник. Може, щось розберу в її карлючках.

Вона в моїх щось розбирає.

Так у мене і почерк кращий.

Кличуть назад до палати.

Ввечері приходить Настя. На руках кульковою ручкою виведені букви — «Л» та «Р».

— Ти що, руки собі підписала, щоб не плутати, де ліва, а де права?

— Це мені нові ліки призначили. Робили проби, щоб у мене не було алергічної реакції. І взагалі, це не «Р», це «Ч», догори ногами. Ти вже знаєш?

— Що?

— Сьогодні почали зникати люди. Я запитала, де Маслюк, і мені відповіли, що вона на місці. Але на місці її не було. Проте я це приховала. Це просто властивість моєї свідомості — мені так пояснили. Нібито. Я кажу: «Подивися, будь ласка, ще раз». — «Так, вона сидить на своєму ліжку і в'яже». Але її там не було! Скажи, мене спеціально намагаються обдурити або я своїм поглядом можу робити так, щоб люди зникли?

Я знизую плечима. Тиха жінка, яка увесь час читає Грушевського, строго поглядає на нас.

Жінка дуже хоче, щоб її саму швидше виписали. Кожного ранку ретельно наводить макіяж, немов перед першим побаченням. Вона живе тут ось вже третій місяць, і є цілком упевнена, що цей камуфляж під здорову жінку допоможе їй виписатися.

— Насте, вертайся до своєї палати, зараз санітарів покличу.

Настя втікає.

— А ти не спілкуйся з нею. Інакше в тебе скоро теж люди зникатимуть.

12

Я дивлюся на автомобілі як на черепи, що рухаються по дорогах. Звичайно це черепи полівок та мишей, іноді сліпаків — їх можна впізнати за скошеною потиличною поверхнею. З очної ямки висовується чиясь рука з цигаркою. Дуже рідко зустрічається череп мідниці чи великої нічниці.

Водій підхопив мій наплічник, я підстрибнула і влаштувалася поряд із ним, шалено щаслива, Ольховський теж встрибнув і закрив двері.

Відчувалася брутальна міць від'їзду. Їхати на висоті — це зовсім не те, що тряска їзда в черепі полівки. Перед тобою тільки засклена панорама, і ти розрізаєш її власною грудною кліткою, летиш високо над трасою, як хижак, що вже видивився зайця і тепер летить над ним легко, з метою продовжити відчуття, коли знаєш, що він нікуди вже від тебе не подінеться — саме ця частина польоту є вищою точкою насолоди хижака.

Поля, пагорби, дерева, що обступили озера, ліси, невеликі та нескінченні. Одне село, інше, знак, перекреслений, наступний — нарешті відчуваєш простір Землі, почуваєш себе людиною, що рухається планетою.

Сонце нерухоме.

Водій у червоній майці, так само як Ольховський. Може, тому і зупинився. Якщо жінки не люблять зустрічати жінок у схожому одязі, часто навіть агресивно починають поводитися, то чоловікам, навпаки, властиво почуття солідарності навіть у цьому.

Залізні пальці, протравлене роками доріг обличчя. Я розглядала його руки: жили, шерсть, суглоби. Протягом всього шляху не сказав майже ні слова.

Встрибнувши в машину, я стала натягувати берці. Мені було незручно, я метушилася, і шнурування тривало досить довго: я то поривалася обтрусити ногу, то, схаменувшись, втиснути її швидше, щоб водій не помітив, яка вона чорна. Втім, це тільки мені здавалося, що все концентрується на моїй нозі та йде дуже повільно, Ольховський навіть не встиг розбалакатися.

Вантажівка неабияк розігналася та деренчала всіма частинами.

— Ми, взагалі, до Петербурга прямуємо, тому зараз нам потрібно у бік Чернігова.

— Поки по дорозі. Це майже не доїжджаючи повороту на Новгород-Сіверський.

Після недовгої паузи Ольховський вирішив продовжити свою розважальну місію, настільки недоречну, що водій невдовзі почав здаватися втомленим та роздратованим.

В дорозі ти потрапляєш абсолютно в іншу систему координат — не статичну, а таку, що визначає світ, існуючий паралельно: вони рухаються всі приблизно з рівною швидкістю і майже не міняють розташування один відносно одного впродовж сотень кілометрів, тобто це теж стає системою, як взаєморозташування людських поселень. Один одного знають ті, що їдуть попереду, їдуть позаду, не важливо, де тебе висадили, сто кілометрів назад або сто вперед, ти опиняєшся в тій самій ситуації, в тому ж розташуванні, як і там, де ти сів.

Я дізналася від Ольховського, що колону трейлерів марно зупиняти: вони у своєму ритмі, і один з колони не має права зупинятися самостійно.

Від Ольховського тхнуло одеколоном.

Він звернув увагу на пачку «Біломорканалу» з надірваним кутом та рожевою веселкою. З пачки на кришку приладової панелі висипалися тютюнові крихти.

— Що, знов летимо по пачці «Біломору»?

— Не зрозумів.

— Анекдот. Не бажаєте закурити?

— Що в тебе?

— Я віддаю перевагу трубковому тютюну. Трубковий тютюн, — повторив він, як мантру, і зморщив басетовське щеняче обличчя з ніжними родимками на опушених щічках. — А так, палю, що припаде. Так, власне, анекдот, — він прийняв позу оповідача і перейшов на анекдоти. Водій тільки усміхався, зрідка невизначено кивав головою і не відривав очей від дороги.

Під час цієї розмови Ольховський смоктав цигарку. Його блідуваті акуратненькі дівочі ніжки поперемінно рухалися. Перед тим, як закурити, він дістав із однієї зі своїх потайних кишень попільничку, і тепер, тримаючи її в пальчиках, театрально струшував у неї попіл. Докуривши, він акуратно висипав усе у вікно, дмухнув, знову потряс за вікном, витер пальчиками і сховав.

Скориставшись, нарешті, тим, що Ольховський на мить замовк, я звернулася з питанням до водія:

— Що це за чоловік на фотографії? Ваш брат? — я вказала на фотографію, що розташовувалася між іконами святого Миколая та Богоматері.

— Брат. Загинув минулого літа, в серпні рік буде. Кислоту возив.

— Кислоту? — пожвавився Ольховський, але не встиг цього разу вклинити своє зауваження.

— Її! Хлопчисько з ним був, спав. Того викинуло вбік, у вікно — далеко від машини, тільки забився. Доля, значить, така штука!

А брата всього в кислоті вимочило — живий ще був, коли міліція під'їхала. Очі виїло, він б'ється ще в цій калюжі: «Пристрелить мене!» — кричить. То ж бо воно як із кислотою зв'язуватися, — він примружився і подивився вправо.

— Очі щось замилилися. Дорогу, диви, розширюють. На такій жарі працюють, хай їм грець! Грошей, напевно, багато платять.

Справа широкою смугою був укочений охристо-жовтий пісок, на якому височіли гостроверхі сірі купи щебінки, як піраміди єгипетських фараонів енної династії. Раптом пірамід не стало — вони, немов за помахом чарівної палички, розтеклися по піску, і смуга стала з жовтої суцільно сіра. Увесь час мелькала техніка, біля якої копошилися робітники: палили, розгинали червоні спини, шкірили зуби товстим бабам з лопатами і ляскали один одного по плечах. Небо, здавалося, танцювало і сміялося разом з ними.

Водій відчайдушно сигналив повільному екскаватору, що загородив шлях, радіючи, що вносить свою долю в увесь цей гармидер.

— Так, а на цю тему є шикарна історія.

Водій кивнув, дозволяючи йому розповідати.

Відкинувши голову, я ліниво оглядала простори, що нам відкривалися. Хотілося тільки підвестися і попросити Ольховського замовкнути, але я зрозуміла, що це не моя справа, і знову відкинулася.

— Лелеки!

Водій посміхнувся. Гнізда лелек були скрізь — на дахах, на колесах, на стовпах. Мені здалося, він уповільнив хід, коли ми проїздили повз одне гніздо.

Лелека зігнув шию, підняв догори червоний тонкий стилет свого дзьоба і так завмер, купаючись у щедрому сонячному світлі. Літній вітерець сколихнув хмарно-біле пір'я на його грудці, і воно пишно розквітло в пронизливому, нестримно-тривожному блакитному небі. Лелека сховав дзьоб у цій ніжній білій квітці й ніби насупився, образившись на непроханий вітер.

Я до останнього моменту повертала голову, щоб його бачити.

Ми довго їхали крізь це село й помічали всіх людей по обидві сторони дороги, ніби спілкувалися з ними. Хтось просив підвезти, водій обов'язково висловлював щире співчуття, розводив плечима, коли йому доводилося проїздити повз них.

Старі жінки вздовж узбіч, яблуні — це все було сповнене життям — це небо, ці дорожні вказівники, що швидко змінювали один одного, переїзди через річки.

Водій розповідав про лелек, Ольховський кивав головою та й задрімав, сам від себе не чекаючи, напевно. Мене теж розморило, я відчула безпеку та можливість розслабитися. Теж закривалися очі, але я трималася — це було б неввічливо по відношенню до водія. Тоді він тихенько мене підштовхнув, вказуючи на сплячого Ольховського:

— Стомився малий.

Він витер піт. На його шиї поблискував тонкий золотий ланцюжок.

— Теж поспи, далеко, години дві ще.

Я витягнула ноги й заснула. Але сон мій був неміцним, я розплющувала очі, п'яніла від простору, що рухався навколо нас, дивувалася, як на такій жарі він може залишатися здатним реагувати на оточуюче, цей водій, що привидівся мені, я знову втрачала його і провалювалася у свій сон.

Години за півтори я гарно та із задоволенням виспалася. Прокинувшись, продовжувала роздивлятися природу, що вже змінилася. Промінь світла вихоплював жовту бахрому на фіранці лобового скла — вона спалахувала жовтим поперемінно — на підйомах.

Сонце рябило крізь тополі, ніби стробоскоп. Я закрила очі та дивилася картини Огюста Ренуара, тільки, звичайно, ніяких дівчаток із хлистами там не було, тільки мої власні фантазії, але стробоскопуюче сонце висвічувало їх з моєї свідомості почерком Ренуара. Раптом стробоскоп пропав — ми проїздили високі густі сосняки.

Я знов дивилася на водія. Обличчя з дуба, як стара потріскана скриня, зморшки не лише розходяться від зовнішнього кута ока, але і від внутрішнього — і електричними блискавками розсипалися по носу, по одній зморшці розмазався вранішній гній з ока. Очі теж ніби вирізані з дерева, і губи, і навіть щетина. Сіре око, коротка щіточка вій виміряна штангенциркулем.

Я дивилася на його пальці. На нігтях чорний півмісяць, неначе палець часто прищикують дверима. Шрами на пальцях, комір зсередини брудний, бруд теж гілками, як і його зморшки на носі.

Машину кидало з одного боку в інший.

Гладко виголені пагорби, іноді розкроєні грубою тріщиною, мчали на перехрест під нерухомою синьою смугою горизонту; дерева тут не зустрічалися, але якщо й росло дерево — ті вже обов'язкове яка-небудь невимовно огрядна береза або кучерявий дуб.

Ми проїхали скрізь дощ. Прокинувся і Ольховський. Він зробив вигляд, що тільки трохи подрімав, і знов почав розмовляти.

Пішли якісь дикі місця, неорані землі, болота, заплави річок, ліси.

Водій сказав, що скоро під'їжджаємо.

Переїхавши через Десну, він зупинив машину, щоб перекурити та розім'яти ноги. Він відкрив дверці і вистрибнув з кабіни, з видимим задоволенням розминаючи кінцівки. Ольховський попрямував за ним.

Гілки затріщали. Чоловіки поверталися і про щось розмовляли.

Я відмовилася виходити, і ми поїхали далі. Нарешті автострада стала розширюватися, замигтіли патрулі, маленький куций солдатик жестикулював, але його рухи були зрозумілі тільки водієві. Дороги зливалися, і з'являлося все більше машин.

Дорожня розв'язка в степу, декорована низькими кущами козачого ялівцю, нестримно, немов грозова хмара, насувалася на лобове скло. Водій зупинив машину.

— Ну що, я тут зупиню, — він побажав нам доброї дороги.

Ми витягувалися з машини.

Обоє були зморені та в'яло проводили його машину поглядами.

13

Поряд із Зейберман та її аспірантом сидить високий лисий чувак у розтягнутій футболці. Очі його, здається, насилу виглядають з-під повік, коли він вдивляється в мене. Дивно, мені здавалося, серед Лєрчиних знайомих раніше не було наркоманів.

— Це Шота, — потім Лєрка киває на мене. — Саша.

— Дуже приємно, — відгукується лисий.

Втім, він не зовсім безволосий. Щоки та шию покриває помітна щетина. З горловини футболки стирчать довгі неохайні завитки.

— Шота хімік, з лабораторії сильнодіючих речовин.

Я запитувально дивлюся на Женю.

— Він тобі зараз дещо пояснить.

Шота посміхається. Його лоб морщиться дрібними-дрібними складочками. Вид цієї сяючої людини не може не викликати найгострішої, безумовної (в тому сенсі, що ґрунтується вона виключно на безумовних рефлексах) симпатії.

— Ти розумієш, це дуже складне питання, що я тут із тобою збираюся обговорювати. Оцей наркотик…

Він так твердо вимовляє м'які приголосні та розтягує наголошені, що його складно сприймати серйозно.

— Женю, ти розповідав Саші про фентаніл?

Шота обертається до аспіранта, демонструючи мені своє праве вухо — плоске, ніби його розкотили качалкою. Аспірант киває.

— Чесно кажучи, я спочатку подумала, що ти сам наркоман.

— Я не наркоман, я хімік, — він промовляв усі слова повільно і якось занадто серйозно. — Ти знаєш, скільки людей гине? Моїх друзів скільки? І вдома, і тут вже, як я сюди переїхав? Отже цей наркотик страшніший за героїн. «Білий китаєць» — чула? Фентаніл. Музикант Джим Моррісон — знаєш?

— Ну, типу того.

— Тоді маєш знати, що він помер від цього наркотику. Знаєш, так?

— Чула таку версію.

— Це не версія. Я тобі кажу. Отже, що ми в тебе знайшли, це в декілька разів сильніше за звичайного «білого китайця», той який звичайний, так? Два роки тому в Узбекистані навчилися його синтезувати, але це були московські хіміки, не місцеві.

Шота широко жестикулює при розмові.

— Їх знайшли потім, багато людей не встигло померти. Технологію привезли з Австрії, щоб цей наркотик визначати. А тепер він знову з'явився!

Шота ляскає себе по колінах і зітхає. Складає руки, наче закінчив розповідати дитячу казку. Обертається до Жені:

— Скажи їй, чуєш!

— Ну, що я можу зробити? Вона сама має вирішувати. Ти, Шота, можеш сказати, що тобі це я приніс на експертизу. Я збрешу, що знайшов. Де знайшов, як знайшов — вигадаю щось, врешті-решт, не маленький. У повії, скажу, знайшов.

Лєра стискає губи так, що на щоках з'являються складки, виразно дивиться на Женю, але мовчить.

— Але річ не в цьому, — я помічаю, що Женя завжди відкашлюється, коли збирається розпочати промову. — Річ у тому, що це потрібно якомога швидше зупинити — уяви, з одного грама триметилфентанілу можна виготовити п'ятнадцять тисяч доз. Він розчиняється у воді, його не визначити без спеціальної технології. Дозування має бути дуже точним, навіть аптекарським, уяви тільки, один грам — п'ятнадцять тисяч доз! А тепер уяви —

крок убік, не в тій пропорції розчинили — і в одній ампулі — не дві-три дози, як завжди, а десять, приміром. Одна ін'єкція — і все. Розумієш, все!

— Це я розумію, що ти від мене хочеш? Отак здати своїх друзів? Як ти це собі уявляєш?

— Ти мене знаєш, тобто, не знаєш, Лєра знає. Я твоїм станом не скористаюся і сам у міліцію з твоїм Ольховським не побіжу.

— Але зрозумій, вони тебе вже здали. Що ти тут робиш? Згадай, де тебе підібрали? Хто тебе ось так залишив?

Шота робить скривджене обличчя.

— Я не казатиму, що всі люди, які від цього постраждають, будуть на твоїй совісті. Це означало б погіршити твоє становище. Але ти подумай, гаразд?

Напевно, я виглядаю дуже розгубленою. Лєрка знову стає на мій захист:

— Залиште її в спокої. Вона подумає. Ми разом поміркуємо, що можемо зробити в цій ситуації. А зараз просто залиште її в спокої.

14

Сині таблиці. На захід, куди він поїхав — Новгород-Сіверський.

Ми звернули на узбіччя північної траси. Навкруги пустинно.

Нас зустріло погоже безброве небо.

Десь тут, на підступах до міста, ночував у стозі сіна Данило Андрєєв, і біле вересове поле тягнулося до самого Новгород-Сіверського.

— Давай поїдемо туди.

— Хіба на нас там чекають?

— На мене ніхто ніде не чекає.

Він тільки рукою махнув.

Здавалося, що ми чорт зна вже де, і що все в русі, все на колесах, що зараз же далі — в будь-якому напрямі.

Лелеки та сільські сади, магазинчик з трактором та прив'язаною козою, стежини, ґрунтові дороги, будинки, бочки з водою, огорожі, що опливли хвилями хмелю, схили пагорбів, викреслені плавленим склом сільських хатиночок, вигини, що підкреслюють кожну западину, кожну нерівність схилу, озера, перехрестя кольорових полів — усе це залишилося позаду.

Тут були тільки смуги зеленого простору під безмірним небом, розітнуті асфальтом, чорно-білі відбійники, гладко вигладжена автострада, що прострілювала вдаль за глибини неба, і струни мостів.

Автомобілів мало — в розжарений полудень усе було мертвим.

Саме мертвим, як у загиблій цивілізації — величезні бетонні стіни покинутих заводів, ніби останні кромлехи зниклих цивілізацій, швидкісні мережі автострад, що прорізають одна одну натягнутими до тремтіння струнами мостів та величезне, порожнє, відсутнє небо, розжарене до божевілля.

Здавалося, від жари зараз почнуть лопатися вени хайвеїв.

Тут усе дихає близькістю Чорнобиля — дороги до мертвих міст, по-військовому строгі, розжарене повітря тремтить. Тремтять у сухому повітрі струни мостів. Початкові звуки «The End». Гітара Роббі Крігера. Саме тремтіння мертвої цивілізації — асфальту, залізобетону — вишуканого й витонченого, прострілюючого наскрізь простір, прострілюючого за краї, за горизонти, і при цьому повна відсутність людей, що створили всі ці нагромадження, котрі як видіння, як міраж тремтять у пустинному повітрі, як покинуті міста народу майя.

Все померло, але дороги не зупинити, дороги не є щось статичне, навіть якщо ними ніхто не рухається, вони спрямовані, вони пульсують і продовжують гонку зі швидкістю людської свідомості.

Від цієї божевільної швидкості плавиться асфальт. Гнати, гнати, розганятися крізь жару, крізь залізобетонні найтонші пальці, що злетіли в небо.

Повітря відсутнє, навколо тільки розжарена порожнеча.

Гомель 115.

СПб 1065.

Коники не можуть стрибати — жарко.

Ми проходимо під величезним чудовиськом мосту, здається, створеним богами тисячоліття тому, і боги покинули цей світ, ми їх ніби й не знали, задовго до нас.

Зараз тут усе мертве. Як у фільмах про техаські пустинні вітри доріг. Скрипучі вказівники мертвих просторів. Немає вже давно цього Петербургу. Немає Гомеля. Немає Чорнобиля.

Черговий міраж заколисував нас голосами зниклої цивілізації.

«Немає більше Петербургу. Немає Чорнобиля, — шепотів мій шаман. — Немає води, ми рухаємося по власних спогадах, це й є кінець».

Всі горизонти озвучені тремтінням цих струн.

«Людина народжується двічі, — промовив шаман голосом Генрі Торо, — другий раз на дорозі».

Коли ми їздили вивчати бокоплавів та риючих ос на узбережжя Азовського моря, ми не були присутніми там. Ми возили з собою свій дім, своє оточення, свої намети — ми були присутніми в своєму таборі, де б він не знаходився, на Обіточній косі або на Білому морі. На косі ми велику частину часу проводили за приготуванням їжі, читанням книг та в нескінченних розмовах про людські характери, скляними очима розглядали море. Потяг перевіз нас із точки в точку, поки ми спали і розписували кулю. Ми залишалися там, де ми були, мінялися тільки декорації.

Замість берега Дніпра — беріг моря. Ми проходили під лякаюче порожнім степовим небом, вдихали отруту гниючих заток — і не помічали цього, ми розмовляли про стосунки, що склалися між знайомими та м'яли ніжні, молочно-зеленого кольору зарості буркуну, що чіпляли до себе м'якими акварельними завитками. Тільки коли море здибило хвилю в ріст людини, черепашковим дробом облило обгоріле м'ясо ніг, а вітер прогнав небо далеко на північ, коли виття морських глибин стало зривати намети з пустинних нічних берегів у прожекторному погляді мертвого місяця — нам стало моторошно, ми почали боятися зірок і почали бути присутніми дійсно там, де ми були — на безлюдній морській косі, котру розбивало хвилями.

Ця неприсутність забезпечується зворотним квитком: усе станеться само собою — точки в часі не просто намічені, вони вже є, вже заброньовані, ці два тижні вже прожиті, зараз ми виконуємо тяжкий обов'язок заповнювати доказами вже прожите, завантажувати картковою грою вже знятий на плівку факт. Тільки коли в цю мить ти не знаєш і навіть не можеш припустити, що станеться наступної миті, чи буде вона взагалі — ось тоді ти є присутнім.

Тут і зараз. Це як зникнення часу, все є насиченим, все є значущим, мають значення і рослини, що оточують тебе, і їх колір, реальний колір, і їх імена, запах, відчуття дотику до них. Усе насичено, а не просто мелькає перед склом твоїх очей зі швидкістю двадцять чотири кадри в секунду.

Широке узбіччя та підніжжя стовпа. Ми сидимо, втупившись у землю, зупиняти машини неможливо, в таку полуденну жару водії зазвичай відпочивають десь на стоянці.

Все гарячіше: берці, земля, цепелін — той теж гарячий.

Ми вирішили, що можемо дозволити собі відпочинок. На жовтій сухій траві ми ліниво спостерігали за мертвою трасою в тремтячому сухому повітрі та слухали свист вітру над вигорілим полем. Він умостився зручніше й почав засинати.

Я спустилася в ліс. Сухий низькоярусний ліс, брудний вербняк у павутині. Це був мокрий яр, гілки не вологі, але слизькі, в лишайниках, на землі ще пріє торішнє осіннє листя, ходити важко через схил, що тягнеться серед ступінчастої п'яні кущів. Я знайшла гриби, водянисті резинові гриби, крихкі з країв — саме їх запах мав цей яр. Думала, що Ольховський зрадіє, але він прочитав мені лекцію про те, що в дорозі не можна їсти ніяких грибів.

Води, ймовірно, не залишилося. На тій стороні шосе виднілася болотна рослинність — рогіз та очерети. Я перейшла на ту сторону, але води не було — густі очеретяні зарості були сухими, і марно я бродила серед них, намагаючись знайти бодай сліди болотної води. Ось з-під дороги труба і кам'янисте русло — сухо, пил, ні краплі води, ні сліду вологи. Грунт, як висохла мочалка. Тільки слизька осока з мерзенним запахом, схожа на водопровідні труби, що зовсім погнили.

Тут було раніше щось подібне до загати, стирчали висохлі коричневі очеретяні ноги, утворюючи чашу.

Стан присутності в звичайному житті трапляється тільки спалахами.

У Гурджієва є навіть якийсь особливий термін для позначення цього стану.

«Ці проблиски свідомості відбуваються у виняткові моменти, вкрай емоційних станах, у момент небезпеки, в абсолютно нових і несподіваних обставинах та ситуаціях». Це вкрай істотно. Ці спалахи і мають бути нечасто, на це і розрахований людський організм. Подовження та почастішання цих моментів, не кажучи вже про стан самосвідомості, що триває безперервно декілька днів, убило б людину емоційно, заповнило б її життя відразу там, де повинно заповнюватися десятиліттями, по краплі, повільно.

Після божевільних бродінь по висохлих заростях я вирішила вибратися вгору. З боку я, ймовірно, більше нагадувала бродячий болотяний дух у зеленому обвислому светрі, ніж людину. Мене мучила не спрага, а бажання змити з себе пил, суху землю. Губи скоро почнуть тріскатися, їх нема чим навіть змочити.

Світило почало викидати смертельні номери, мені здавалося, що я блукаю по висохлих болотах невідомо скільки, і, вибравшись на шосе, що виявилося не так вже просто, я поспішила до нашої стоянки.

Ольховський блаженно спав.

Знову поїхали трейлери. Я розбудила Ольховського, він вже виспався, піднявся, підтягнув ремінь і був готовий до бойових дій, в його флязі залишилося щось на дні. Ми відпили по останньому ковтку. Огидна тепла рідина з запахом фляги. Я самостійно натягнула колодки на скривавлені ноги, каламутним поглядом оглянувши зім'яту траву. Ми покинули це місце.

Я повільно пересувала ноги, наплічник мляво висів у мене на плечах. Ми піднялися до шосе, на схил, і постійно відмічали час, щоб зачепитися за нього, щоб не загубитися, і полегшено та здивовано посміхалися, коли час минав... Безглуздість.

Уточнили, хто з нас останнім бачив точну відстань до Петербургу і скільки нам ще... Мені було байдуже, скільки ще, та взагалі, рухаємося ми або не рухаємося. На мене там ніхто не чекав, мене там не мало бути, мене не мало бути ніде. Мені здавалося, що я можу жити тут місяць, або йти пішки, спати в лісі, можу взагалі нікуди не рухатися, але якось простіше вибрати нереальну мету і повільно існувати в її напрямі.

— Серед людей і раніше панував смуток через те, що вони не можуть володіти часом, поки їх не надихнуло те, що життя таки існує досить давно. Там, Кюв'є відривав якісь кістки, — і тут я вибухнула реготом. Я чомусь уявила собі, як Кюв'є їсть суп, відриває кістки жирними пальцями і каже, що життя існує досить давно.

Ольховський теж сміявся, навіть сльози виступили на його очах, йому було веселіше, ніж мені, я поцікавилася, чому йому так весело.

— Я уявив собі цього Кюв'є, як він сидить у напудреному парику, їсть суп і відриває кістки своїми товстими пальчиками. Чи він був худим?

Мене завжди дивувала ця взаємна проникність свідомості.

— Ти вмієш грати на гребінці? — я витягнула з кишені гребінець та обривок газети.

— Вмію, але... — він ніколи не договорює.

Я взяла гребінець, приклала його до губ і загуділа якийсь блюз: «I've got a letter this morning that makes me feeling blue, said my baby was in trouble».

CEA2019

Проїхав автомобіль, схожий на акулу, з вузькими вертикальними зябровими щілинами на блискучому сірому боці. По мосту їздили автобуси та вантажівки, запорошеними цятками, як комахи. Газета намокнула і вже видавала не той звук, мені перехотілося грати, я поклала гребінець у кишеню рюкзака і застебнула ремінь.

Ольховський надів окуляри, і ми сиділи, опершись спинами на речі. Я намалювала його зі спини: випинаючі хребці, шкільна потилиця. У мене почалися сонячні видіння, я спала сидячи, декілька хвилин, давно я не спала з таким задоволенням. Мене вибивало знов і знов. Ольховський звертався до мене, я вистрибувала з сонячного стану, відповідала йому і знову зникала, іноді в'яло та байдуже спостерігаючи, як він схоплювався при появі трейлера, виходив на шосе, піднімав руку і віддалявся з ображеним видом.

Нарешті він підійшов до мене і з неприхованим роздратуванням поцікавився:

— І довго ти збираєшся так лежати?

— Ну, ти ж голосуєш...

— Це не має значення, хто, — промовив він, розтягуючи складки щік, — річ у тому, що водії бояться зупинятися, коли хтось лежить. Мало що може статися: хворий, п'яний. У будь-якому випадку, це їх відлякує.

Шатаючись, я звелася на ноги. Там ми простояли дві години поспіль, розслаблені сонячною плямою, що повільно підіймалася над нами, та пилом величезних трейлерів.

Ми почали відчувати нестачу води. Вказівник повідомляв про те, що в кілометрі праворуч є село. Значить, лісок скоро кінчається. Недалеко від села ми скинули речі.

Наближався вечір, я сиділа на узбіччі, коли Ольховський відлучився в ліс. Він повернувся і сказав, що там дика малина. Ми накинулися на ці ягоди, чіплялися за колючки, спотикаючись об корчі. Вирішили залишити там речі.

— А якщо прийдуть якісь люди і наштовхнуться?

— Та кому ця малина потрібна, у них свою дівати нікуди.

Заховали речі в кущах.

На вулиці було тихо, глухо, ані людей, ані собак, ми довго стукали у ворота, ніхто не відчиняв.

Біля сусідніх воріт заворушилася раптом брудна рідота. Ми підійшли і побачили собаку з перебитим хребтом. Вона лежала в цьому бруді, ледве ворушилася та скиглила. Нічого вже не можна було зробити.

У дворі лунав звук мотора. Висока дощата огорожа та широкі ворота.

Кам'яна доріжка вела до будинку через сад. Чоловік у дворі лагодив мотоцикл.

Гараж, колонка з тазами і відрами в центрі двору.

Слиняве теля, дивлячись на нас, засовувало поперемінно в ніздрі свого гострого фіолетового язика.

Поряд із колонкою, на витоптаному піщаному майданчику стояло зім'яте відро, схоже на циліндр для манежної їзди, на котрий вмостився чийсь невмілий зад. Відро по самі вінця наповнене було великими беззубками, які ще диміли, тому як зварені були саме тут, на маленькому тагані. Старий брав молюсків своїми коричневими пальцями, тріщинуватими, як самі ці димлячі стулки, розкривав їх ножем і кришив курчатам, щохвилини витираючи руки об картатий фартух. Курчата з хижим гамором накидалися на тепле м'ясо, що видавало, до всього, дурманячий запах. Вони люто клювали один одного, борючись за шматки їжі. Всі вони були рудими, з жовтими плямами, і праве крило у кожного помічене було синьою фарбою. Порожні раковини з налиплими на них водоростями старий кидав до ями, зарослої полином та реп'ятником. Часом він брав обтесану палицю та бив яку-небудь курку, що спокусилася на ласощі курчати. Курка відчайдушно кричала, і, здригнувшись, ніби з-під півня, йшла геть.

Ольховський попрохав води. Хазяї трохи розгубилися. Сказали, що води тут скільки завгодно. Чоловік, що лагодив мотоцикл, сам увімкнув нам воду, привівши у рух лише йому зрозумілі механізми. Ми напилися і набрали води.

Речі були на місці, в тих же малинових кущах, за корчем, він знайшов ще дві ягоди і почастував мене. Мені вже набридло, що він тішить мене своєю увагою.

— Так, — розпорядився він, — води в нас мало, її витрачатимемо економно. Ввечері — тільки чай.

Ми вийшли до траси і побачили, як з боку безлюдного моста йшла дивна стара, вся в чорному, йшла і шепотіла. Вона підійшла до нас впритул і пройшла, ніби не помітивши.

— Брр-р, давай вмиємося, примари вже з'являються при денному світлі.

Я вмивалася, намагаючись витрачати якомога менше води. Чому ми там не здогадалися вмитися? Він плескався, немов був у невичерпного джерела, оголивши руки по лікоть. Від нього на всі боки летіли бризки. Мені раптом шкода стало воду, чомусь мене це так зачепило і захотілося його вдарити.

Траса знову спустіла, у водіїв, ймовірно, почався файвоклок. Ми вирішили, що треба зайти далі і там вже підшукати собі місце для ночівлі, бо на подальше переміщення надії не залишалося.

У мене перед очима весь час був цей собака.

Пройшли осичняк, частий, як штрих-код.

Спустилися і рушили по вигону.

Щільний ґрунт, витоптані трави та вибоїни від копит.

Балка. Скотомогильник. Вершково-жовті остови, немов покриті фісташковим лаком.

Ми дісталися до лісосмуги, що відділяла луг від засіяного злакового поля. Під міст шосе йшла ґрунтова дорога. Вгорі дув якийсь свій вітер, і трейлери проносилися над цим мостом з індустріальною швидкістю дев'яностих.

15

Мені сниться ранок та якась дівчина.

Вона стриже з кошлатого собаки грудки шерсті, що дуже щільно звалялися.

Крізь півнячі крики пробивається розмірений гуркіт чобіт, і струнка, ревна лайка людини, що йде по дорозі, розполохуючи своїми кроками снігові хороводи капустянок. На його правій кисті — чіткий слід від укусу, і в дорожній пил крапає кров. Йому навперейми біжить славна худенька істота в темно-синій штапельній сукні в дрібні, біленькі, немов покриті інеєм квіточки. У руках дівчина тримає двох смільних козенят, таких маленьких, немов їм не більше тижня. Після вони падають з розгону перед чашкою з молоком, захлинаючись, п'ють, кусають її волосся — вона сміється — очі ріже сонячне світло, яке сочиться звідусіль та золотить усипаний соломою двір. Вони швидесенько смикають хвостиками, козлик з двома білими смугами на довгій мордочці, квапливий, з ріжками, що вже добре сформувалися, спритний, штовхає крутолобу кучеряву сестричку. Дівчина відтягає його від миски і сміється сама з собою. Сняться чомусь її щиколотки, чорні від бруду, дитячий велосипед у передпокої, малосольні огірки в білій плісняві, стіни хати з осиними дірочками та мотоцикліст з червоною, обгорілою спиною. Теж немов у білій плісняві. Його важке дихання — він женеться за нею в мокрій молодій кукурудзі, вона ляпає його долонею по обличчю і знов сміється, зриває маленький качан у липкому червоному волоссі — робить ляльку, сидячи на ґанку.

Крізь сон я думаю про те, що колись він її, нарешті, наздожене, та її більше не стане — не стане більше її кукурудзяних ляльок, її сміху, вона завагітніє, отупіє та згине. Чому немає острова вічних дів, де всі вони юні, золотисті, весняні, і ніколи, ніхто їх не наздожене, не впіймає їх вінки з купальними свічками?

Прокидаюся через те, що Штуцер хрускотить своїми пігулками:

— Доброго ранку!

16

Ми забрали вправо і знов вийшли на болото, причому болото виявилося похмуріше за перше. Я вголос вилаялася щодо вражаючій здатності Ольховського вибирати місця для ночівель. Сухі очеретяні палиці пронизували захід сонця. Комарі обліплювали наші обличчя.

Вже темніло.

Подув вітер, і ледве помітний чорний пил промайнув білим полем — ніби хтось провів рукою по песцевій шкірці.

Я сіла на сиру траву, натягнувши на коліна светр, увіткнулася в ноги обличчям, але не допомагало — гудіння допікало мене не менше, ніж укуси. Волосся стало липким від комариної маси. Я сказала йому, що знайду ночівлю десь у іншому місці, а він як хоче, і спрямувала під міст.

Під мостом було дійсно страшно, як у гвинтових багатоповерхових гаражах.

Гудів вітер.

Я повернулася й знов сіла, закутавшись у светр, і мені було байдуже, що він збирає сухі дрова та розпалює вогонь. Вогонь і дим все одно не допомагали. Він зробив собі чай. Чесно розділив ту воду, що залишилася: собі кухоль і мені кухоль.

Вогнище вже потухло, тому що неможливо було знайти сухі гілки.

Огидна ситуація, коли все вологе та липке, але води немає. Вогнище все одно не рятувало від того місива, яким ми намагалися дихати. Неможливість спокійно дихати збивала з рівного ритму, дихання почастішало. Ольховському було легше, він палив.

Я не розуміла, чому він такий спокійний.

Трохи дров залишилося назавтра. Він тільки почав пити чай, їсти підв'ялену шинку та повільно палити. Мене дратувало навіть те, що він може отримувати задоволення навіть у такій ситуації.

Я сказала, що краще спатиму прямо на дорозі, аніж там, де він збирається спати, прямо в цій високій траві, під кущами.

Він прим'яв траву. Ми розірвали навпіл шматок церати, і я довго бродила зі своєю половиною у пошуках сухого місця, з помаранчевим каріматом, все ще не наважуючись улягтися прямо на тихій ґрунтовій дорозі. Навіть там, де трава була нижче, панувала та ж сама вогкість та допікали комарі.

Ольховський вже спав, загорнувшись із головою, така собі мумія.

Каламутні темні хмари розтеклися по західній, ще світлій частині неба, відчувався простір, застрекотали колискову нічні комахи, і тихо шурхотіло від вітру негусте жито.

Повітря було свіже, мені дійсно хотілося спати. В мене злипалися очі, підкошувалися ноги та мутніла свідомість, але я боялася вдихнути комара, не могла чути постійний гул, усе було липко і брудно.

На дорозі лежати було якось дивно, виникало відчуття, ніби тебе щойно викинуло з космосу, простір був такий величезний. Ще мені здавалося, що я лежу не на самій верхній точці земної кулі, а в самій нижній, і що я не лежу, а підтримую своєю спиною всю величезну Землю, щоб вона не скотилася вниз, на зірки.

Поруч була канава.

Канава мені здалася такою затишною, як гарненька могила, і, вставши з дороги, я почала стелити собі пристойне ліжко: струсила церату, постелила на дно канави, яке здавалося на подив м'яким та сухим — помаранчевий карімат, замість подушки згорнула під голову светр. Мені здалося це дивовижним ліжком, я накрила його ковдрою, неначе воно було вже прибране з ранку, і всілася на край ліжка. Витягнула з наплічника ведмедика, поклала на подушку поряд із собою, потім зняла берці й поставила їх біля ліжка. Потім уляглася, накрилася ковдрою і обійняла ведмедика.

На трасі трейлери вже сповістили початок ночі. Вони проносилися примарними вогнями.

Я вляглася горілиць і намагалася запевнити себе, як мені тут зручно та добре, і як наді мною схилилося жито й шепоче мені казку на ніч.

Мені казали, що я повинна мати підвищену чутливість, усе через ектодерму. Оскільки з неї утворюється і нервова система, і вся гамма шкірних покривів, то за станом останніх можна судити, наскільки є тонкою сприйнятливість нервів. У мене тонка шкіра, дуже ніжне та м'яке руде волосся, ясно-зелені очі, дрібні крихкі зуби та невелика мочка вуха.

Можливо, я і відключалася кілька разів хвилини на дві або три, тільки сама цього не помічала. Коли я схопилася остаточно, небо було чорним і глибоким, як колодязь, а зірки здавалися вичищеними як ніколи.

Я підійшла до Ольховського. Той спокійно спав. Я потрясла його за плече.

— Викажи мені таємницю, як ти можеш спати?

Навряд чи він уві сні щось зрозумів. Схопився, був дуже зляканий, щось незрозуміле бурмотав, я закрила його ковдрою і втекла.

Накип цивілізації злітав з мене дуже швидко. Втім, усе вже описано у Вільяма Ґолдінґа. Мені дуже кортіло вбити Андрійка, що тихо сопів собі вночі.

Наближався ранок. Трейлери зачастили. Ніч прорвав світлий гул. Я вже збиралася вийти на трасу. Холодний вітер ворушив волосся, хотілося швидкості. Пітер, Пітер. Але незручно було кинути Ольховського, не хотілося рвати останній зв'язок з навколишнім світом, хоча було бажання схопитися і поїхати звідси, не дивлячись на почуття незручності та домовленість, яка нас зв'язувала.

Відразу пішов дощ. Сильна злива. Ми почали ховати речі під церату, під ту ж церату залягли самі, причому помістилися не повністю, і ноги мокнули під дощем. Дощ прибив комарів і створив умиротворений стан, і я відключилася, хоча це було схоже швидше на втрату свідомості, аніж на сон.

Прокидатися було огидно. Дощ вже закінчився, було дуже рано, по-пастушому ясно, з церати стікали краплі, одяг був пітний, обличчя липке. Волосся, здавалося, вже не продереш. Мокрі, іржаві, приклеєні до ніг берці. Я натягнула бандану замість того, щоб причесатися.

В який момент він це вимовив? Коли ми струшували воду з церати або зігрівали руки? Води не залишилося, і навіть на пігулках нема чого було приготувати.

— Знаєш, вони не зупиняються, і якщо до обіду нас ніхто не підбере, в обід ми розділимося і поїдемо поодинці.

Я втратила всяку здатність усвідомлювати, реально оцінювати те, що відбувається. Мені все раптом стало байдуже, я продовжувала вкладати речі в свій наплічник, неначе те, що він зараз промовив, було природним і заздалегідь обговореним. Але ця відсутність емоцій була скоріш результатом шоку: через хвилину всередині сталася навіть не революція систем орієнтації — безладний бунт, крах.

Зовні я залишалася спокійною. Він чекав від мене істерик. Він дивно, судорожно зупинив рух і поглянув на мене трохи здивовано. Він чекав, готувався захищатися, напружив усі думки, сконцентрував увесь словниковий запас, як відмінник-студент, що під кофеїном готувався до іспиту з механіки, зайшовши в аудиторію, отримує свою оцінку автоматом — це набагато частіше призводить до зриву.

Він залишив мені половину церати і карімат. Ми спакували речі і пішли вгору до траси.

Я дійсно на це не чекала й навіть не будувала планів виходу з ситуації, що склалася. Весь цей час у мене було відчуття, що ми разом. Загубитися самостійно було понад мої сили.

Він радів тому, що зберіг від дощу цигарки.

Ми піднялися вгору. Траса йшла під уклон, і здалека було видно, що за звір наближається.

Роса ще не спала, туман освіжав голову, було приємно, тілу добре, і тому ніякі думки більше мене не турбували. Я поклала рюкзак та всілася на землю.

— Піднімись, тобі ще дітей народжувати!

Я посміхнулася, до мене повернулася здатність реально оцінювати факти, і мені здалася такою зворушливою ця турбота про мене. Трейлерів не було, я вже заспокоїла себе надією на те, що до обіду ми обов'язково впіймаємо щось.

Ольховський вирішив не чекати обіду.

— Ну що, давай потрохи розділятися.

— Давай.

У чому полягав розділ майна?

— Може, тобі все ж таки залишити консерви? Добре подумала?

Ненавиджу цю фразу, люди, які її вимовляють, вважають, що бажання людини може змінюватися залежно від того, більше або менше вона думає. Залишилися два апельсини, один я віддала йому, один узяла собі. Залишила хліб. Ще він дав мені пів бляшаної банки чаю, друга половина якої до самої кришки була забита чайними пакетами.

— Ведмедика я тобі залишаю. Віддаси, коли будеш в Пітері. Тільки обов'язково.

— Дякую! Нам із ним буде веселіше.

— Давай домовимося. Першого ж вечору, як приїдеш, приходь на Казань. Я тебе зустріну, вписку тобі влаштую, зрозуміло? Я буду там щодня після шостої.

Він порився в рюкзаку, витягнув стос серветок, пачку кави та дві турки з дерев'яними ручками, одну велику, другу поменше, нарешті, бляшану турецьку табакерку з жовтими мавпочками та аптечку. Він відкрив аптечку й віддав мені мій пластир, про який я не пам'ятала, педантичний тип. Коли б не урочистість моменту, я б скажено розреготалася. Потім він по-пташиному, одним оком, подивився на купу пігулок, витягнув лапкою одну пластинку й дбайливо вручив:

— Ось, це від живота, ну, сама розумієш, на всяк випадок.

З наполегливістю сивого відданого фельдшера він нав'язав мені ще якихось пігулок.

Я попросила у нього атлас і перемальовувала у блокнот свій майбутній шлях. Усі дороги були виведені ретельно, з дотриманням напрямів і позначенням усіх населених пунктів та всіх перехресних трас, навіть вимальований силует Петербургу. Мені подобалися назви населених пунктів, тим більше що тільки зараз я наочно уявила собі всю жахливу нереальність майбутньої подорожі: міста, селища, сотні й сотні кілометрів, уся Білорусь, Псковська область. Ось коли мені дійсно стало страшно.

Він нервував. Я повідомила, що вони, прокладаючи маршрут, пропустили Псковську область, зробила правки й уточнення в маршруті. Чесно кажучи, я просто зволікала час.

Коли малювання було завершене, він полегшено зітхнув:

— Ну що ж, давай прощатися, я пройду трохи далі, будь обережна.

Ми обнялися. Ну, все. Що ще? Він злегка зам'явся й поцілував мене.

— Щасти тобі. Зустрінемося на Казані, о'кей?

Я зняла светр, вийняла з сумки свої дивні шістдесятські окуляри та ніж.

— А це тобі навіщо? — він докоряв мені з якоюсь батьківською ніжністю.

— На мене чекає важкий шлях, про всяк випадок! Між п'ятим і шостим ребром...

Знов менторський тон:

— Ну, по-перше, ти не знаєш, де це — між п'ятим і шостим ребром, по-друге, це не найкращий удар з можливих, по-третє, я не впевнений...

— Годі тобі! Вже з ножем як-небудь впораюся.

Він сховався за черговим підйомом. Раптом я вперше відчула запах свободи від краю до краю всесвіту. Мені здавалося, що зовні я виглядаю, як справжня королева хайвею — вітер від трейлера, що промчав мимо, розвівав моє волосся, було видно весь величезний світ, усе небо.

Повз проїхали тільки два трейлери. Дорога була пустинною під величезним небом. Що робить дорогу такою привабливою? Величезність неба, крізь яке ти пролітаєш. Яри, пагорби та лісочки, як зморшкуваті пахви сплячих жінок. Всього не перелічити.

Я йшла і йшла, але Андрійчика не бачила. Гадала, що він поїхав на одному з цих трейлерів. Але потім, коли я обернулася, знов побачила його — він стояв подалі, виявляється, я його обігнала, коли він заходив у ліс.

Ми встали так, на відстані гарної видимості, та навіть обмінялися вітаннями. Так цікаво було спостерігати за людиною, яка ніяк із тобою вже не пов'язана, просто людина на дорозі. Я побачила, як біля нього, трохи далі, зупинився величезний капотний монстр, як він підбіг до нього, піднявся, як машина рушила.

Я бачила, що їх там вгорі двоє — і не знала, скільки там сидінь. Теж підняла руку, але трейлер проїхав мимо.

Ольховський дивився на мене й робив вигляд, ніби він тут ні до чого.

І його унесло.

17

Сьогодні знов — тільки сни.

Мені хочеться піти від реальності та не прокидатися ніколи.

У напівдрімоті я бачила Сімеїз, такий, яким я його пам'ятала з того часу, коли ми з Богданом жили там у скелях і спали на солдатських ліжках. Мій старий тільник, потім бахчисарайська пельменна, яка працювала на зразок допотопного джук-бокса: як тільки відвідувачі брали їжу на певну суму, вмикали музику.

Ми, пам'ятаю, взяли три тарілки борщу й вирішили взяти по одній котлеті з гарніром, виявилось, що по одній буде замало, і як тільки ми замовили по другій котлеті, жінка зняла з колонки святкову білу серветку, витерла пил і включила радіо. Потім, підперши щоку, вона всілася дивитися, як ми їмо.

Мені снилася надвечірня фортеця Чуфут-Кале. Ми піднімалися вдвох і навіщось несли половинку дині в полотняній сумці. Снилися мої тонкі у вигині лапи, як у голодної вовчиці, снилося, як я задихалася, ледве встигаючи волочитися за ним у пилі. Диню нам залишив Томас, безтурботний німець із зеленими північчими дредами. Від'їжджаючі ноги Томаса. Томас у тамбурі. Я кажу, що не хочу нести диню, що хочу їсти її прямо тут, у гаремі Бахчисарайського палацу, де ми розглядаємо величезне блюдо для плову і візерунки на падугах. Ханські стайні, ми палимо там (уві сні я навіть відчуваю дим), а диню приносимо в пастушу печеру й ділимо її з якимись москвичами. Та дівчина, що наснилася мені — це вже не я, я бачу її майже таке саме руде волосся, можу доторкнутися до нього, навіть відчути його запах, з домішкою осінньої сухої шипшини та роздавлених ягід бирючини. Вона бігає по вигонах, як молода руда кобила, і поспішає до заходу сонця, а потім вона плакатиме над дзвінкими розсипами мирних бахчисарайських вогнів.

Томас дійсно був реальною людиною. Ми дійсно перетнулися з ним в Криму. Зустріч була дуже швидка, можливо, декілька хвилин. Дивно, що він з'явився в моєму сні.

Зейберман їздила в казарму за моєю курткою — вранці буває холодно на прогулянках.

Привезла листа від мами.

Знов сімейна фотографія. Засмагла, щаслива. Просто Вів'єн Вествуд у її кращі роки.

— Вона в тебе так молодо виглядає.

— Кобилячі обличчя не старіють.

— Як ти можеш таке казати — вона твоя мама.

— Я, слава богу, схожа на батька.

— Тепер розумію, чому вона від вас втекла.

— Більше ні від кого не було листів?

— Ні.

18

Машина зупинилася досить далеко від мене, я швидко підбігла до неї, підскочила на сходинку й відкрила двері, помітивши тільки, що там водій із хлопчиком.

— До кордону з Білоруссю підкинете?

Він у відповідь кивнув, я підбігла до наплічника, підкинула його на плече й повернулася до машини. Закинувши його у кабіну, підскочила сама. Вони їхали з Миколаєва і везли фрукти в Мінськ.

— Ото у нас в Миколаєві, скажи, Сашко, сто п'ятдесят таких самих машин, з рефрижераторами, з них рефрижератори працюють тільки у п'ятнадцяти, ось і у мене теж. Їх навмисно ламають, нема бажаючих возити ці фрукти. Відповідальність величезна, уяви собі. П'ять градусів вище, п'ять градусів нижче — і все під три чорти — плати сам. Тому ніхто не хоче зв'язуватися. Я тепер завантажений роботою, ми тут із Сашком часто їздимо.

Сашко все більше відмовчувався, а коли щось казав, то обов'язково щось потрібне і серйозне. Коли водій дізнався, звідки я і куди їду, його навіть підкинуло.

— А взагалі ти куди?

— До Петербурга.

— Одна їдеш, чи що?

— Ні, там попереду попутник.

— Друг?

— Ні.

Він натиснув на газ.

— Як же ж ти через кордон? Гомель – це ж через кордон. Паспорт є? Ну, тоді все гаразд, турбуватися нема чого.

Його зупинив випадковий постовий, він вийшов, а коли повернувся, дуже обурювався:

— Закурити йому нема чим, я коли у відрядженні буваю, декілька ручок красивих купую, декілька запальничок, і за рейс — жодної. Розписатися йому нема чим! Та мені не дуже шкода, навіщо мені ця дрібниця? Але я б на ці гроші дитині шоколаду купив...

Він зупинився біля придорожнього магазину купити хліба.

— Тобі хліба не треба?

— Ні. В мене ще багато залишилося.

Він повернувся з буханцем хліба.

— Що, Сашко, ось під'їдемо до кордону — кашу зваримо. Їсти вже хочеш?

Той мотнув головою. Водій сказав, що часто зупиняється купити тут хліба, тому що хліб тут дуже гарний.

Це був одноповерховий сільський магазинчик, дерев'яний. Перед ним був запилений майданчик, баби вздовж дороги торгували овочами та продукцією місцевого заводу, що виплачує заробіток товаром. Багато вагончиків-кафе, що обліпили стоянку для далекобійників і заправну станцію. Ребристі вагончики, прикрашені жовтими цигарковими верблюдами, чергою йшли до ялинника, хлопці з місцевих випрошували у водіїв наклейки і мили стекла легкових автомобілів. Стояв навіть невеликий одноповерховий готель, клуб з гральними автоматами розміщувався в такому ж вагончику.

Коли розмова поступово вщухла, я взяла книжку і читала про забави мусагетів, це був привід заховати окуляри, оскільки вони мені порядком набридли.

Потім ми ще дуже довго їхали крізь ліс, і тоді він розповів мені про дорожніх їжачків.

— Диви, ще один, — він показав, і я ледве встигла помітити, як ми промчали повз розчавленого їжачка.

— Тут вони часто. Ліс. Бачиш — ще один. Знаєш, чому їх тут так багато? Вночі, коли проїжджаєш, багато їх, звірів всяких, зайці теж, лисиці. Але тут, розумієш, у чому справа? Вночі в лісі холодно, асфальт за день нагріється, вночі починає остигати, і від нього йде тепла пара. Вони всі й вискакують на асфальт грітися. Але чому тільки їжачки? Звірятка як почують машину — розбігаються, всі ці зайці, лисиці, а їжачок? Знаєш, що їжачок? Він клубком згортається! Клубком згортається проти цієї машини! І давлять його.

Вони збиралися варити кашу. Мені тепер здавалося, що хлопчик мені не довіряє. Він допомагав татові, тато в нього запитував, де що лежить. Разом вони вийшли розтопити піч.

Взагалі це дуже зручно, коли в машині піч, після цього я вже завжди, стоячи на дорозі, звертала увагу на те, чи є в машини труба.

Стало тепліше, йшов дим.

Він запитав у сина, де в них запасна ложка, хлопчик дістав, перевалившись через мої коліна, з якоїсь схованки.

Водій розмовляв з іншим шофером про те, скільки ще чекати. Розповідав мені, як відрізнити машину з рефрижератором, і саме

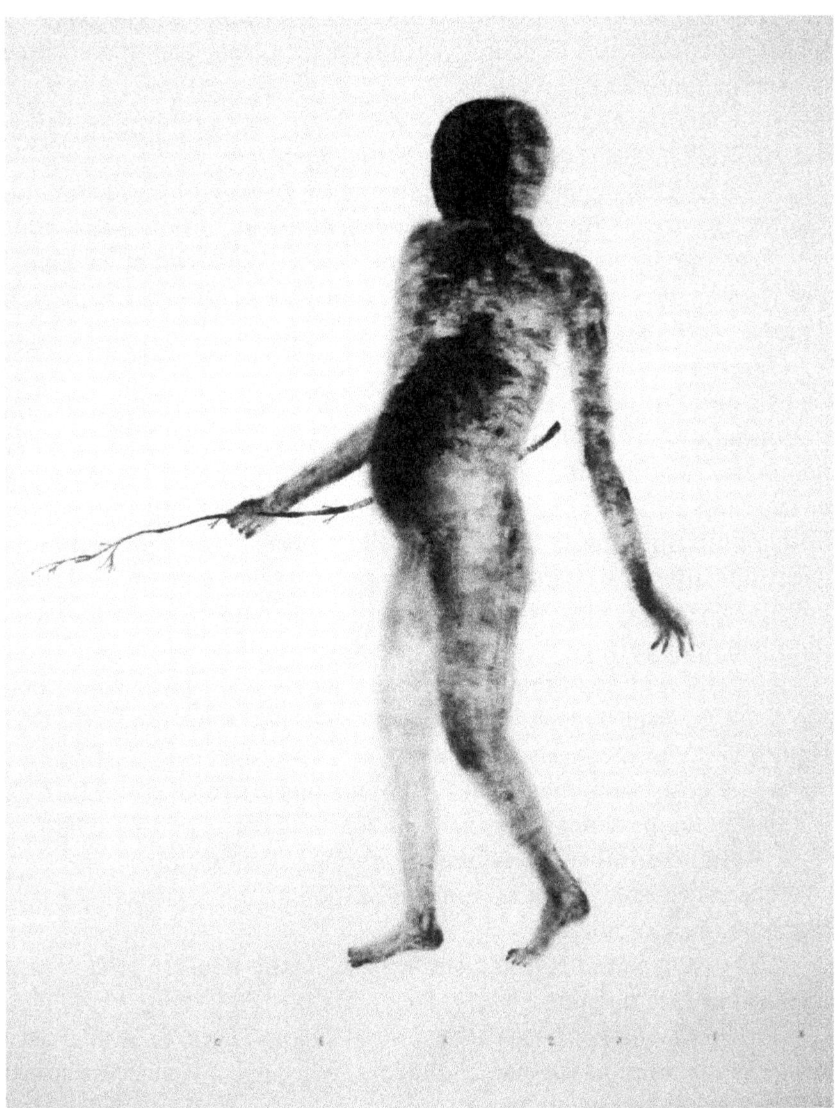

коли він відкривав свої двері, я знов побачила Білого Кролика, Ольховського. Я чогось вирішила його наздогнати і попрощалася з водієм:

— Ми, напевно, пройдемо кордон пішки.

Я пробігла повз запорошені рифлені трейлери і накинулася на Ольховського зі спини. Він дуже здивувався, хоча сказав, що таке часто трапляється.

— Єднаймося?

— Добре. У вас є місце? Він мене бере?

— Я гадала, перейдемо кордон пішки, а там упіймаємо новий, бачиш, яка черга? До того ж, мені якось незручно їсти з ними кашу.

Таке щастя, я вже думала, що це самотнє існування на дорозі закінчене, що далі — разом, що кошмар скінчився і весь цей розрив — тільки жарт.

Ми переходили кордон.

Величезний майданчик, як витоптане футбольне поле, машини, про щось домовляються з митниками водії, їм не до нас насправді, а до тієї машини з іноземними номерами. Ольховський сказав, що тут легко можна підчепити таку, з Польщі, там, або з Німеччини, що прямо до Пітера тебе візьме. Була одна машина, набита німцями, назустріч нам стояла: він, його фрау, діти. Таким дивним усе здавалося. Митники нам здивувалися, з будки кричать, щоб нас пропустили.

Перевірили документи. Я стояла за плечем і робила вигляд, що я — дівчина Ольховського. Один солдат мені посміхнувся. Інший — Ольховському:

— А чому такій папірець? Коли паспорт отримуватимеш?

— Та вони, напевно, хіпі, нехай собі йдуть.

— Дивні вони якісь. А дівчина гарна... Руденька!

Після переходу першого кордону ми відійшли трохи далі вузькою лісовою стежиною.

Дорога серед сосен досить вузька, пахне парним молоком, і вдалині нічого не видно.

Ольховський знов почав прощатися й пішов уперед, а я залишилася тут. Ми ще ходили вздовж трейлерів, вони стояли ланцюжком, і він просив водіїв нас підвезти.

Водії відмовлялися брати бодай кого, ми чекали, спостерігали, як вони спілкуються один з одним, я роздивлялася трейлери.

Полуденне сонце вже розжарило повітря.

Ольховський сховався.

Хотілося спати. Намагаючись зручніше влаштуватися, я спочатку сіла на наплічник, потім прилягла — все це в двох кроках від того місця, де проходили митний огляд легкові автомобілі. Ліниво спостерігала за людьми, які проїжджали повз. Вони на мене звертали увагу, але в мене вид був такий дивний, що заговорити ніхто не наважувався, і я просто валялася на узбіччі.

Потрібно було йти. Коли я проходила другий кордон, Ольховський помахав мені рукою з величезного трейлера, з білого — вони мені здавалися казковими, справжні трансові трейлери, їх було тільки двоє в кабіні, але в таких машинах тільки два сидіння, що схожі на крісла в перукарських салонах.

Я вже досить далеко відійшла від кордону: неширока дорога, узбіччя і м'які ліси, такі мирні. Ліс захищала металева сітка. Заповідна зона. Проходили грибники.

Скат дуже різкий. Автобусна зупинка, люди. Санаторна зона «Золоті піски». Звідки тут взятися золотим піскам?

Час тягнувся повільно, дійсно повільно. Я грілася, як немовля на сонечку, як індієць у бізоновий рік. Не треба думати про завтрашній день, коли ти людина, тому що ти, на відміну від мавпи, в будь-який момент можеш зміркувати, що робити.

Сонце вбивало, я гадала, що буде, якщо я втрачу свідомість.

Так довго чекала, що хтось мене підбере — встигла виспатися на узбіччі.

Водій як у воду глядів, коли казав, що раніше нього я не поїду. Дуже рад був зустрічі.

З дитиною він розмовляв про те, що до півночі вже будуть у Мінську.

Ми проїздили красивий санаторій, оточений озерами, і син канючив, щоб батько зупинив машину і ми викупалися. Хлопчик, видно, непогано знав ці місця. Батько пообіцяв, що на зворотному шляху вони заїдуть сюди на пару днів.

Навкруги увесь час щось будувалося. Особливо мені подобалися портальні крани, такі, з відвислим сучим вим'ям, вписані в мізерний ландшафт будівельних майданчиків.

Я роздивлялася путівник по «блакитноокій озерній Білорусі», знайдений на приладовій панелі.

Річки — від Нератовки до Неславки.

Імена озер.

Алоїзберг і Арлейко. Як вам таке? Відомо, хто з них ясновельможний пан, а хто слуга.

Лічилка, що веде до шинка: Білоголове, три десятки Білих озер, Бережа, Бережонка, Бікложа, Болдух, Болойсо, Велика Швакшта, Великий Супонець, Буяч, Буже, Вісяти, Войсо, Шинок. Усе, пришли.

Імен слов'янам теж ніколи не бракуватиме, чим не імена для дівчаток: Крупань, Ловжа, Месреда, а ось ще Неколочь — ім'я дівчинки-сироти, яку нема кому було колотити. Це все теж озера.

Сверзно, Свідно і Тросно — це якісь дивовижні прислівники. Я намагалася уявити, що вони могли б означати.

Втім, ця забава мені швидко надокучила, я відкинула путівник.

Ландшафт помітно змінився. Ніякої тобі горбистої далечіні. Гладка рівнина, що йде в небо, і розжарена траса, безкрайні низовинні луги. Все гуде від жари й жовтизни. Ніяких селищ. Ніяких машин, окрім нашого тряського монстра.

Ми наближалися, і мені вже було все одно, де я опинюсь.

Водій повідомив, що наближалося перехрестя за велетенським заводом. Він здавався таким нереальним, тому що зовсім не зіставлявся з ростом людини. Здавалося, його могли оживити тільки велетенські статуї богів або бронзові полководці.

Він висадив мене посеред цієї пустелі, залитої багатосмуговим асфальтом. Тут не було навіть духу людей. Чому індустріальні пейзажі швидше нагадують часи долюдського геологічного минулого, чому дух надлюдини дорівнює духу відсутності людини, що літає понад водами?

Мене накрила чаша неба. Волосся знов сплутував вітер.

Так усе дивно було, ніби з туману, ніби я перетнула Стікс.

Мимо не проїхала жодна машина.

Я йшла дуже довго. Попереду — небо. Ззаду — небо. Запорошене небо. Це схоже на заклинання останніх американських шаманів, які називають себе на новий манер поетами.

З боліт іноді злітав величезний птах, я нарешті відчула себе абсолютно вільною людиною. «Where the heron the Shoo-Shoo-Ga feeds among the reeds and rushes». Ми знов були разом із цією травою, з болотами, в мене були сірники — і мені було добре.

З'явився раптом звук тріскачок у порожнечі, такий виразний. Порожнеча не була тихою, все це дихало, гуділо з трави і тонко свистіло від хмар до хмар.

Я побачила нову примару: чорна людина беззвучно промчала по зустрічній смузі на мотоциклі.

Згущувалися сутінки.

Подібно до юного Осбальдістона, я продовжувала здійснювати свою самотню подорож на північ.

Ліворуч виднілися вогні селища, що світилися далеко від дороги, горіло всього декілька ліхтарів.

Трасу перетинала вузька асфальтована дорога. Я сіла відпочити біля дорожнього стовпа. З'їла трохи хліба й дивилася на горизонт, де горіли вогні села.

Майже настала ніч, птахи й комахи заговорили по-іншому. Я вже придивлялася, де краще спуститися та знайти місце для ночівлі. Попереду з'явилася рублена хата край дороги, я вже вирішила заночувати там, коли відчула світло з півдня, що знаменує черговий перетин двох реальностей.

Трейлер був величезним, він трохи погойдувався, коли гальмував, і внизу, під черевом у нього гриміли підвіски. Він видав пневматичне шипіння, і асфальт під ним розцвітився розмитими плямами: помаранчевими, жовтими, червоними, неначе він прихопив це з бару, як дешеву дівчинку з великим червоним ротом.

Він пройшов довгий гальмівний шлях і зупинився якраз біля того будиночка, де я збиралася заночувати. Я підбігла до трейлера, двері відчинилися, і я підійнялася по сходах вгору.

Таке відчуття, ніби знаходишся в центрі управління польотами або в літаку, який вилітає з нічного Владивостока, далеко внизу — вогні злітно-посадочних смуг.

— До Могильова підкинете?

— А взагалі куди?

— В Пітер.

— А що в Пітері?

— До друзів.

— Зрозуміло. Ніхто в дорозі не чіплявся?

Я мотаю головою і оглядаюся. Гоа-транс розтинає простір. Швидкість, як у літака при зльоті, коли ось-ось смугасті будиночки перетворяться на гру, а ліхтарики справа під ілюмінатором зіллються в одну тонку нитку, а потім з-під крила бризне феєрверк вечірнього міста.

— Звідки сама?

— З Києва.

— Я в Києві був сьогодні вранці.

Після цих слів поїздка знову стала здаватися мені такою легкою.

— Я з Одеси їду. Мені до повороту на Брест, ще чотириста кілометрів, це години три їзди, можеш виспатися. До Москви не хочеш поїхати?

— Куди? — я на нього здивовано дивлюся.

— Ну, до себе запросити не можу, вибач.

— Ні, дякую.

— Захочеш пити, у мене там за сидінням в каністрі є вода. Щиро кажучи, мерзенна. На митниці такої води набрав.

Він дістав каністру і спочатку пив сам, потім протягнув мені.

Ось де мені було добре. Крісел тільки два, далеко знаходяться одне від одного. Він помітив, що я киваю в такт музиці.

— «Етніка». Чула колись? В Європі — в усіх поважаючих себе клубах.

Я продовжувала кивати в такт головою.

На такій швидкості це вставляло. Змішане відчуття свободи, швидкості і тепла.

У нього висіли в кабіні всякі штучки — вимпели, психоделічні наклейки, харлеєвські емблеми, акварельний малюнок з видом Копенгагена.

Від нього віяло якоюсь весняною свіжістю і чистотою, та взагалі він був мрією. Коли він відкрив двері, мені взагалі здалося, що це Мікі Рурк, такий, трохи дивний, як у фільмі «Час падіння». Дуже стильна бункерна зачіска, він сказав, що зробив її в перукарні того клубу, де знімали «Небо над Берліном», він навіть побував там на концерті Ніка Кейва.

Трохи примружені очі, погляд пересиченого чоловіка, такого, який у будь-який момент може мати ту жінку, яку захоче, і тому не дуже кимось захоплюється. Тому він спілкувався зі мною досить розслаблено, не забуваючи, втім, милуватися собою. Його котяча посмішка немов промовляла: «Подивися, хіба я не красень!».

— Ви на кордоні довго стояли?

— Годин шість.

— А я — не більше години. Для цього завжди беру з собою покришки. Пару покришок митникам — і вільний. Розумієш, мала, мені ці шість годин стояти дорожче обійдеться. Нам не можна запізнитися навіть на декілька хвилин. За ці шість годин я вже доїду до Бреста.

Він почастував мене жувальною гумкою зі смаком гіркого апельсина.

— Є одна траса біля Риму, вздовж усієї траси — ці гіркі апельсини. Краса! Навесні особливо.

Він не терпів, якщо хтось їхав попереду нього.

За вікном тягнулася ніч, ми немов підривали її своєю енергією.

Ніяких людських поселень, тільки оповиті зірками поля.

— Дивися, зараз проскочимо повз Могильов. Нам з тобою ще триста разом їхати, недовго, тобі музика не заважає? Може, тихше зробити? Ти дивися, обережніше тут, це я по Європі переважно їжджу, для мене це звично, нещодавно в Голландії дівчинку на кшталт тебе підкинув, подорожує. У них там усі так подорожують, як літо — студенти на дорогах: французи до Німеччини, німці — до Франції. Мене це не дивує. Але старші можуть і образити, ведмеді, тут треба бути обережніше, коли в кабіну сідаєш, відразу дивися, щоб тільки одна людина була, там іноді за шторкою другий водій спить. Я завжди один їжджу, без напарника. А ти чого одна?

— Ми спочатку разом їхали, а потім розлучилися.

— Кажу тобі, зроби закордонний паспорт і подорожуй Європою.

— Ніколи про це не думала.

— Отож я тобі раджу, ти б зараз через кордон, декілька годин — і де побажаєш: у Мюнхені, у Парижі. Але краще за все — до Голландії.

Він почав розповідати про Голландію, а я продовжувала оглядатися в його кабіні. Мені вже здавалося, що ми їдемо по Західній Європі, за вікном пропливали тільки величезні стоянки для трейлерів, круги, обкреслені факельними вогнями, та придорожні бари.

— Проте, якщо б моя дочка так спробувала — я б їй всипав. Тобі скільки років? Їй шістнадцять, трохи молодше.

Мабуть, на моєму обличчі легко читалося здивування.

— Що, не віриш? Скільки, думаєш, мені років? Ну, трохи за сорок, так скажемо.

Він пояснив це тим, що він взагалі не напружується, не п'є в дорозі, тільки пиво в хороших барах, коли в Європі, обідає тільки в пристойних кафе. Змінника в дорогу не бере: платять в два рази більше, а спати краще, коли вже все зроблено.

— Там, ззаду, все одно не виспишся. А моя дочка танцює. Бальні танці. Нещодавно вони виступати їздили. Стільки мороки

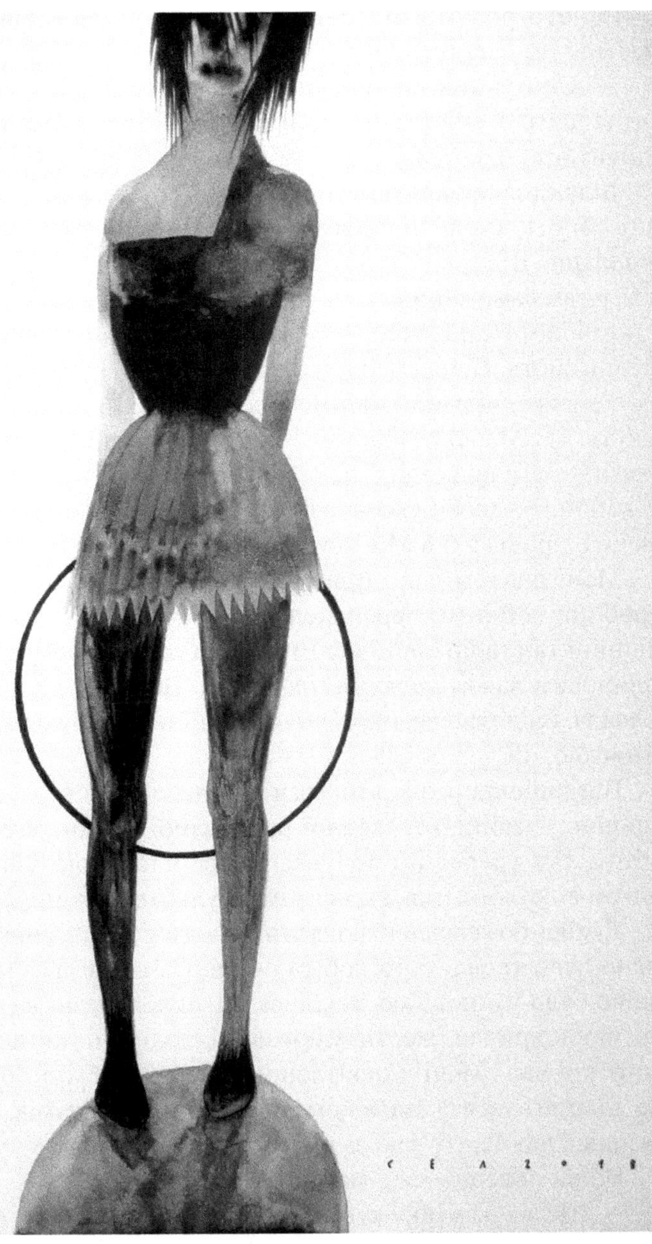

з цими дівчатами, знову ж таки, поступати буде наступного року. Лихо з цими дівчатами, — повторив він.

В його розумному батьківському викладі світ з'являвся пластичним і танцюючим.

— Ось у цих місцях дівчатка ці дикі, сільські, як років п'ятнадцять є — вона вже собі заробляє, мені-то на неї, скажімо, й дивитися гидко. Маленька, облізла, помада з неї тече, тремтить уся. Біля стоянок крутяться. Дешеві! Пару місяців назад, навесні, одну таку до стоянки підвозив, каже, може, і ти зі мною? Всього 15 доларів. Відповідаю, я старий вже, мені вже не до того, підвезу тебе, а там сама вирішуй. Побалакав із нею. Навіщо, запитую, тобі це потрібно? Не розумію! Тебе, кажу, вб'ють і викинуть, навіть імені не запитають. Випадок один був. На стоянці білоруській, знову ж таки, в кафе, підходять до мене хлопці-водії. «Ти в Москву?» — кажуть. «В Москву, додому». — «Візьмеш пасажирку»? — «Що таке?» — «Та відвезли її покататися, тепер подивися на неї, ледве не вбили. Їх двоє було, дівчаток, друга не знає де, напоїли їх». Врешті, привіз я її в Москву.

Мені раптом ясно привиділася ця дівчинка, яку він віз — горобчик із білим, перепаленим перекисом волоссям, у довгій спідниці та старій синій «олімпійці» з капюшоном, з облупленим малиновим лаком на коротких нігтях. Вона сиділа, гризла нігті і мовчала. Бліде заплакане обличчя, роз'їдені рябі повіки та короткі, щіточкою, вії.

Він вийшов розім'яти ноги на трейлерній стоянці. Мене він залишив у кабіні, без жодної прихованої думки. Я роздивлялася кабіну. Тут усередині почуваєш себе частиною мегаполісу, що раптом відстебнулася, як, скажімо, бульбашка комплексу Гольджі.

Якийсь божевільний почав тикатися в моє скло, підстрибував — видно було тільки його лоб та очі, щось намагався мені сказати, але не було чутно. Така жахлива пика, величезні виторочені очі. Він щось кричав, жестикулював, відходив, підбігав, озирався і знову кричав. Мені з освітленого трейлера було погано видно, але я намагалася сказати йому, що нічого не розумію. Я була така щаслива, що перебуваю за склом.

Водій повернувся, і ми поїхали.

— Ще вчора в морі купався. Заїхали в Одесу всього на декілька годин — потрібно ж викупатися. Їдемо до узбережжя, а там якесь велике будівництво, я прямо на бетоні і розлігся, весь як є. Потім солдата зустрів. Охороняв це будівництво. Сказав, що купатися не можна, але сам він купався. Ранок ще був, ми лежали на цьому бетоні, загорали.

Залишилося їхати дві сотні разом. Я, нарешті, заснула і так добре спала, вперше виспалася за ці дні, спокійно і мирно, як у дитинстві в літаку, все одно, чиї вогні там унизу, над Якутією ми летимо або над Уралом.

Раптом він мене розбудив.

— Дивися, під'їжджаємо, тут невдовзі містечко буде, Орша, тобі, може, там вийти? Там стоянка є і кафе, могла б зайти, зігрітися, кави випити, тебе до Пітера хтось узяв би. Там багато пітерських зупиняються. Ні? А де ти переночуєш? У лісі? Ну, ти молодець!

— Я там собі вогнище розведу, чаю поп'ю. В лісі якось безпечніше. Попити чаю, виспатися — ніхто не потурбує.

— Мабуть, ти права, але тільки вночі нікого не зупиняй, зранку їдь.

Усе це крізь сон. Я відчуваю, що залишилося останніх кілометрів п'ятдесят, і уві сні ловлю кожну хвилину. Ця солодка казка дитинства — розтягувати теперішній момент до безкінечності.

— Приїхали. Прокидайся.

Стояла непроглядна темрява, і важко було щось побачити. Тільки за помаранчевими плямами габаритних вогнів, що світилися вночі, вгадувалися контури величезного трака з двома причіпними трейлерами.

В напівдрімоті я запам'ятала тільки, як він світився в нічній кабіні, як помахав мені рукою звідкись зі своєї бульбашки цивілізації, як розчинився в нескінченності його гоа-транс.

Ось його немає.

Знову чорнота і дорожні перехрещення. Тільки трейлери мчаться зовсім не тут.

Я відвернулася від дороги, ледве розліплюючи очі.

Темно, зірки, розрізняю вдалині якийсь ярок та лісосмугу, плентаюся напростець до цієї лісосмуги, знов якісь болота, але я не звертаю на це уваги, тільки лісосмуга розгойдається перед моїми очима, я сплю, і мені б тільки не втратити цього стану, я ніби ще в Голландії, в Одесі, в танцювальному класі — де завгодно, тільки не в болотній траві.

Так я і не дісталася до лісосмуги, механічно кинула на вологу землю карімат. Не роздяглася і навіть не стала знімати берці. Мені здавалося, що берці розпухнули, як гангренозні, і приросли до моїх ніг.

Я бачила небо. Хмар не було. Тільки зірки — модель розширеної свідомості — я відлетіла від неї, загорнувшись у ковдру. Пам'ятаю, прокидалася серед ночі, не розуміючи, де знаходжуся. Тільки іноді гуркотіли трейлери, що вдалині пролітали крізь зірки.

19

Та сама медсестра з дитячими шпильками веде нас до спортзалу. Мене та Штуцер. Інші не виказали бажання.

Спортзал маленький — настільний теніс посеред крихітної кімнатки і декілька тренажерів — допотопних, як на відкритому майданчику в Гідропарку.

Двоє непривабливих чоловіків грають у теніс. На одному вицвілий спортивний костюм, рожевий, на іншому — піжама з рваними внизу штанинами. Вони худі, як в'язні Освенціма. Але намагаються посміхатися.

Я качаю прес. Штуцер їде на велотренажері.

Чоловіки з нами не знайомляться — не те місце, щоб знайомитися з дівчатами.

Півгодини пройшло. Медсестра приходить нас забирати.

— Я боюся речей, — каже Штуцер. — Людина помирає, річ переживає його іноді на сотні років. Паганіні помер, а його улюблена скрипка Гварнері живе в Генуї, і раз на місяць на ній грає приставлений до неї музикант. І бог знає, хто грає його пальцями, може, сам диявол — Паганіні? Ти знаєш, що Паганіні був дияволом?

20

Коли я прокинулася, поруч валявся розпатраний наплічник. Усі речі були розкидані, і я лежала прямо на ґрунтовій дорозі серед грудок землі, листя та гілок. Волосся розчесати було неможливо, я пов'язала бандану і повільно вийшла до траси.

Мені було не до вогнища і кави, мені б скоріше в Пітер. Гадала, що до обіду проїду ще чотириста.

Нема за що оку зачепитися — до горизонту ніяких предметів, тільки стовп, що покосився. На ньому було написано, скільки мені залишилося до Петербургу.

Здалека з пагорбів спускався безкапотник, а попереду нього — розбитий забризканий седанчик сіро-блакитного кольору. Я хотіла зупинити трейлер, але несподівано для мене зупинилося це непорозуміння.

Передні дверці відкрилися, і звідти виглянула весела молода жінка з густим чорним волоссям, забраним у косу.

Це не той тип жінок, від яких я втомилася у в'язницях бібліотек. Із зігнутими обвислими шиями індичок і головами папуг, що страждають на авітаміноз, придивися — видно дірки від пір'я між пасмами, що в них залишилися, і краплями реп'яхової олії. Жінки, що стекли в мішки сідниць і обвислих щік, з чорними патьоками між цими мішками, жінки, що дивляться з-під фіолетових окулярів, жінки — рисові мішки, що повільно пересуваються між столами. «Хлопчики, ви заважаєте!» — виволоче ніс з-під пухової фіолетової шапки.

Загалом, це була абсолютно не така жінка.

— Куди тобі? Так рано?

— До Пітера.

Загальний astonishment.

— Ти ж так відразу нікого не лякай, так відразу і до Пітера, щось ближче назвала б. Сідай!

Я плюхнулася на заднє сидіння, посунувши якісь речі.

Машина деренчала, і біля стекол підстрибували дохлі мошки, різні комахи, ще ворушилися оводи. Деякі намагалися дертися по плямистому запорошеному склу.

— Ми тебе трохи підкинемо, потім ми повертаємо...

— А ми з Орші.

— Орша? Що це?

Вони розсміялися, ніби в них запитали якусь елементарну річ. Орша — це місто, і для них було дивно, що мені це невідомо. Я розумію, для них весь світ — це їх місто, прилеглі селища, і десь далеко, в тумані, велике місто з цирком та концертами.

Лобове скло надтріснуте, неначе накрите долонею.

На задній панелі — засушена щуча голова з розкритою пащею.

— Та ти не бійся, ми ж прості хлопці, не вбивці. А хочеш з нами?

— Ну, давай!

Праві передні дверцята увесь час не закривалися та хлопали.

— Ми їдемо до мисливського будиночку, тут недалеко, ми там відпочиваємо по вихідних. Поїси, відпочинеш просто, навіть виспатися зможеш. Там багато кімнат, ніхто до тебе не чіплятиметься, не бійся, це я тобі кажу. Окрім мене дівчат там зовсім немає, і мені нудно, поїхали. Ну, диви, зараз п'ята ранку, ми їдемо в таку рань, ще самі спимо, а тут — ти, знаєш, як ми здивувалися!

— А сьогодні до обіду ми тебе вивеземо назад на цю ж трасу, поїдеш до свого Пітеру. Ну, поміркуй, куди тобі квапитися?

До мене нарешті дійшло, що мені дійсно нема куди квапитися, що треба відпочити. Я погодилася. Свєта тільки що не завищала від радості.

Декілька рублених будівель, висока огорожа.

Дорога вела далі в ліс. Уздовж огорожі стояло ще декілька машин. Тут же бродив хлопчик.

Біля воріт нас зустрів сторож, він сказав, що знайшов Михайликів паспорт, і з нас пляшка.

Вони дуже зраділи, тому що перед цим якраз обговорювали вчорашню п'янку.

Вищезгаданий Михайлик лежав п'яним у мисливському будиночку. Його розбудили і віддали паспорт. Сказали, що потрібно обмити, та познайомили зі мною. Мишко був товстий і хазяйнуватий, у білій майці та ситцевих трусах. Обличчя його було пом'ятим. Він довго шукав свої брюки, паспорт і капці. Спустився сходами, котрі що пахли сосною, і встав у картату світлу пляму від вікна.

Вхідні двері були відсутні, тому було дуже світло.

На товстих Михайликових ногах світилися волоски.

Він скаржився, що собаки з'їли вночі все м'ясо, яке залишалося у відрі, по п'янці за ним ніхто не стежив.

Біля входу валялася кабаняча шкура.

Сторож був без двох пальців і фаланги середнього — програв у преферанс на зоні. Він докурив, кинув недопалок у снарядний стакан, наполовину вритий у землю біля покришки, об його край відкрив пляшку пива. Піна рясно потекла по пляшці та по його руці.

З одного вікна можна було побачити ліс і дорогу, з іншого — машину, яка стояла, накренившись, п'яна, з відкритими дверима, з яких стирчали якісь ковдри, їх барахло та мій наплічник.

На осколку дзеркала, забризканому мильною піною, лежав болт розміром з мізинець та надірваний пакетик парацетамола.

Більш за все мені хотілося їсти.

Буфет теж стояв тут, на веранді.

СЕЛ 2015

В плетеному кошику було багато французьких булок, довгих і хрустких, біля них розкидані пакетики з вишневим «Інвайтом». Вони розводили цей напій літрами — в склянках, пляшках, банках.

Як тільки ми приїхали, мене відразу нагодували.

На столику у дворі стояло оцинковане відро, повне курячих стегенець. Вони їх підсмажували на грилі і через кожну годину виставляли на стіл повне блюдо, поки остаточно не напилися і поки ця справа не перестала їх розважати. Все було таким свіжим, чистим і пікніковим — вікна, білі фіранки та сіль в сільницях.

Я хрускотіла французькими булками і свіжими нарізаними огірками. Скрізь стояли тарілки з кільцями лука, в оцті, приготовані для шашлику, лежали свіжі помідори — буквально скрізь: на підлозі, на буфеті біля входу, на столі, на ґанку.

На буфеті стояло також відро з водою, ще не нагріте вранішнім сонцем. Михайлик, коли вийшов до нас, зачерпнув ковшем з цього відра і пив. Вода стікала по його голому череву і блищала крапельками на сонці біля пупка.

Лисий та розімлілий сторож отримав свою нагороду. Він випив одну, другу, знову загадково посміхаючись, нічого не сказав і звалився кудись спати. Більше ми його не бачили. Він явно тріумфував і дивився на нас хитрим поглядом таємного власника всесвіту.

Свєта взялася чистити картоплю. Вона попросила мене допомогти і навіть вибачилася за те, що доводиться просити. У них не знайшлося іншого ножа, і я принесла свій з машини. Я гадала, що після ночі в болоті й виглядати маю, як болото. Але подивилася в дзеркало заднього виду, і виявилось, що виглядаю я досить чемно.

Я навіть зраділа можливості чимось себе зайняти. Ми сиділи на ґанку, чистили у велику каструлю картоплі й базікали.

Сонце, розквітаючи над верхівками сосен, золотило поляну, ґанок і ліс.

У сусідньому будиночку відпочивали люди з автомобілів з мінськими номерами. Старшого називали президентом. За день до нашого приїзду Михайлик напився, а потім побився з одним з його охоронців. Тепер їх шофер з побоюванням вийшов домовлятися про перемир’я.

Чутно було, як Михайло казав, що все життя це було їх місце, з самого дитинства, і ніякими мінськими тут не пахло.

Вони відійшли. Вийшов сам президент, огрядна людина з задишкою, вони мирно спілкувалися, начебто, про щось домовилися. Охоронцеві було наказано до від'їзду не висовуватися.

Наші з мінськими всілися потеревенити про життя біля мангала, охоронці президента крадькома підбігали, подавали їжу і щось шепотіли йому на вухо — він їх осаджував, і охоронці знов ховалися.

За годину ми сіли в машину і поїхали в Горіхове за горілкою, вони сказали, що це кілометрах в двадцяти. Ми зі Свєтою — на задньому сидінні, чоловіки — на передніх.

Президент пішов грати в настільний теніс біля свого будиночка на побитому дощами столику.

Свєта вже встигла випити, і тому без угаву балакала.

Ми знову виїхали на М20 — трохи проїхали по трасі і повернули в село.

Ґрунтова дорога — двом машинам не роз'їхатися, хати по обидві сторони, далеко одна від одної.

Їдемо довго.

Закінчився бензин. Зупинилися чекати, коли проїздитиме якась машина.

Простояли півгодини — жодної машини.

Дорогу загатило стадо худих гострозадих корів.

Свєта почала нервувати. Чоловіки взяли каністру й пішли вглиб села. Свєта закурила і стала мені розповідати про свої стосунки з «цією людиною».

— Знаєш, що найгірше? Найгірше бути відрядженням. Ось він (Свєта ткнула пальцем у сидіння водія) зараз у відрядженні.

Свєта зовсім майже розклеїлася, чорне волосся розтріпалося, туш розтеклася від сліз. Докурила цигарку і стала підфарбовуватися.

Вона розповіла мені все, все, все, що може розповісти тридцятирічна жінка випадковій попутниці, після чого зависла десь у своїх картинках, з немигаючим поглядом.

— Скоро вони вже повернуться? Вже дві машини мимо проїхали.

Вона нервувала — закінчилися цигарки.

Незабаром підійшли хлопці, перелили бензин — і ми рушили. Виїхали на сільський майдан, де сходилися біля магазину три вулиці. Село виглядало понадміру затіненим, і не минало відчуття, що їдеш лісом. Звідкись взявся туман та вогкість. Магазин зачинений — вихідний.

Посеред майдану був довгий дерев'яний стіл, увесь заставлений глечиками з молоком і сметаною, за ним стояли жінки різного віку в однаковому одязі — сірих фуфайках та білих хустках, по-черничому, їх було дуже багато, і стояли вони біля цього столика в дві шеренги (попереду — дівчатка в довгих спідницях, за ними — дорослі та старі жінки), щільно, як на фотографії чотирнадцятого року, суворі, мовчазні, з мертвими засуджуючими обличчями.

Свєта вийшла до них, щось запитала, але жодна їй не відповіла. За нею вийшов Михайлик і теж почав говорити, впала коротка кам'яна фраза — і все знову стихло.

Коли ми виїхали з туману, проспівав півень, і нам раптом стало ніяково. Це була низина села, і тому там ще залишався туман. Вгорі було світліше. Вони запитували кожного зустрічного, де купити горілки і цигарок, і їхали далі. Нарешті, побачили двох лісників, один старий, інший мого віку.

Вони послали нас до якоїсь старої, спробували пояснити дорогу до її будинку, але нічого не виходило, тоді молодий згодився показати нам шлях, сів у машину, і ми поїхали — вулицями, сонними полянами, здавалося, що все на одному місці, але місцевість змінилася — хата стояла окремо, на високому пагорбі.

Сад був порожній, на даху якесь сміття.

Лісник зайшов до старої.

Ми вийшли з машини. У дворі старої стояла чаша з моченою булкою для курчат, звалений був сосновий ліс, і до верхньої колоди, що виступала над усіма, за ногу була прив'язана дохла сорока з відкритим дзьобом. Михайлик виніс цигарки, і ми пішли палити до сараю, де під навісом, біля дровниці, лежали щербаті колоди.

Сіли на колоди та закурили. Поруч валявся всякий мотлох — снігова лопата, таз без дна, кінескоп, молочний бак, згорнуті рогожі, віконні стулки та рахувальна машина «Фелікс».

— Хто там, у сараї? — почувся голос старої.

— Хто, хто? Бонч-Бруєвич у пальто! Покурити не можна?

Ми повернулися до хати. Вікна були завішані двома хустинами — зеленою та квітчастою.

Стара винесла горілки.

— Давай, розливай.

— Та ви, напевне, голодні, я вам огірочків винесу, а може, суп станете?

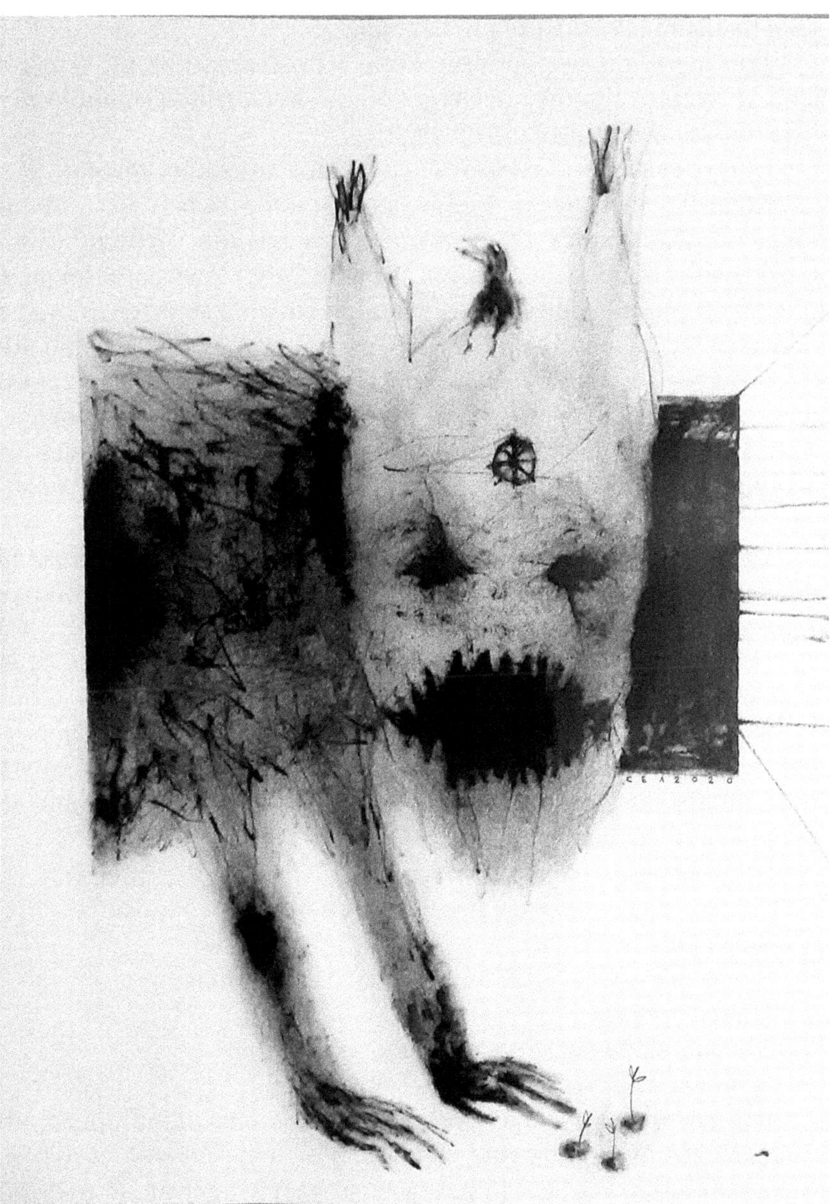

Вона винесла свіжих огірків на тарілці та велику миску грибного супу з хлоп'ями яєчного білку.

Ми випили.

Повільно їли суп, стоячи біля плоту.

До нас вибігло цуценя з короткою верхньою губою, що оголяла ясна та зуби у вічному оскалі, і голою випаленою мордою під червоним слизом вивернутих очей.

Воно неначе було вирито з кладовища домашніх тварин.

Коли його принесли й підклали на ніч в телячі ясла, щури обгризли йому хвіст та вуха до самих хрящів. Передні лапи випадково прищикнули дверима, до перелому, і поки вони гоїлися, цуценя обгризало з них усю шерсть до шкіри, яка й тепер була з кірочкою, червоною та блискучою, як діатезне немовля. Задні він теж обдер — вони увесь час застрягали в щілині, між дощок ґанку, він їх витягував та обгризав. Очі роздряпав кіт. Стара, намагаючись залікувати рани, зробила занадто міцний розчин марганцівки та спалила йому патьоками всю морду. Навіть кінчик носа був у нього з виїденою шкірою.

Цуценя здавалося веселим і життєрадісним — бігало, махало хвостом, стрибало на людей, бавилося — справжній монстр. Воскреслий з мертвих манекен Гунтера фон Хагенса.

Поруч стрибали кошенята, дикі, полохливі, одне з них було без ока.

Кури, руді з чорними плямами, рилися в сміттєвій ямі, поруч, недалеко від ґанку, розкидаючи в сторони блістерні упаковки від ліків. Іноді вони здіймали голови й косилися на нас, затягуючи очі шкіряною плівкою.

За суп стара вирахувала окремо.

Пакети з «зубрівкою» та самогоном склали у багажник.

Зібралися їхати.

Стара виганяла курей з-під нашого автомобіля.

Приїхали назад.

Михайлик почав готувати шашлик.

Я ліниво спостерігала за його рухами.

Від котла, де лежало пошматоване м'ясо, йшов прозорий запах. М'ясо було посипане дрібно нарізаною зеленню та луком. Михайлик, ніби матуся до немовляти, часто підбігав до нього й кропив горілкою. На шампур він насаджував м'ясо упереміж зі шматками сирого сала та посипав червоним перцем.

Пальці його лисніли від жиру, і вигляд він мав напрочуд огидний.

Кулаком видавив сік з граната.

Ми сиділи на поляні. Стояла в ряд горілка, склянки та відра з водою.

Склянок було багато, в одну мені наливали, а пила я з іншої звичайну воду, горілку ж непомітно перевертала в траву.

Через пару годин усі ледве ходили. У траві лежало готове смажене м'ясо, а поруч сиділи й чекали собаки. Люди вже не звертали уваги ані на м'ясо, ані на собак. Чоловіки тихо гуділи.

— Коли Блохін одружився.

— Почекай, коли це було? У сімдесят п'ятому або в сімдесят шостому?

— Не пам'ятаю. Але точно пам'ятаю, що я в той рік прийшов з армії.

Я розімліла під неголосну чоловічу балаканину.

Раптом почувся жіночий виск. У Свєти почалася істерика. Вона всіх переконувала, що їй треба дзвонити додому, що її синочок чекає, що йому лячно та зимно там одному.

— Я подзвоню Сергійкові! — схопила мене за руку. — Він маленький, він один удома. Скажи йому, щоб відвіз мене подзвонити.

— Ти ж йому й поїсти залишила, і все таке?

— Відпочивай! Не бачиш, я п'яний, яке, нахєр, їхати?

— Так, він у мене такий молодець, він сам собі приготує, і... — вона захопилася розповіддю про те, який чудовий у неї синочок, і їй ніби стало краще. Вона вткнулася в моє плече і на хвилину затихла.

Через хвилину все почалося знов.

— Він там один, мені треба йому подзвонити.

— Так чому ти його з собою не взяла? Я ж просив узяти його з собою, — її кавалер почав злитися.

— Я не стала його будити так рано, спробувала, а він очі розплющив — нічого не розуміє — і далі спати, ну, я йому записку написала, а тепер мені треба йому подзвонити...

Свєта схопилася:

— Відвези мене! Я кажу, відвези!

— Йди проспися.

Вона підступила до нього впритул:

— Грошей в тебе тепер, як у дурня махорки, ось ти й комизишся! А я знаю, звідки ці гроші.

Він ударив її по обличчю.

Вона впала, хотіла схопитися, але не змогла й заплакала:

— Підлота! Підлота! Підлота! Тварюка!

— Не всі валети в колоді.

— Твоїй дурі гальма треба продути, суці! Балакає забагато.

Мені доручили про неї потурбуватися. Вона сиділа на траві й мовчала. В очах пливла порожнеча.

— Хочеш, покажу тобі наше озеро?

Ми повільно пішли до човнової пристані.

Беріг низький, під кущами. Прогнилий пірс та старий човен.

Трохи віддалік, за густим вербняком, можна було розгледіти невелику баржу з дерев'яним, неохайно пофарбованим червоним будиночком. Звідти чути було гавкіт собаки.

Трав'янистим скосом ми спустилися до човна, намагаючись не посковзнутися. П'яна попутниця моя міцно тримала мене за лікоть і закричала, коли човен накренився раптом від наших непевних рухів.

Вона влаштувалася, нарешті, коло мене на вузькій вологій лаві, і погляд її знову мертвотно застиг, зупинившись десь на горизонті. Золотисті відсвіти грали на її руках, покритих світлим пушком. І вся вона здавалася зачарованою осліплою самицею лісового звіра.

Вода була на подив прозорою, і крізь неї чітко можна було бачити величезні корені старого прибережного ільму, під яким прив'язаний був наш човен. Корені були суцільно всипані великими кулями равликових черепашок, що світилися з-під води. Я потягнулася, щоб зірвати одну з них, але рух мій злякав гладку ставкову жабу з ясно-зеленою смугою вздовж хребта, яка пригрілася на схиленому до води стовбурі нашого ільму. Жаба з гучним сплеском зіскочила у воду, а я механічно відсмикнула руку і знов погойдала човен. Рух цей вивів із заціпеніння мою супутницю, і почалася довга ретроспектива видінь її юності, що повільно випаровувалися, перериваючись лише рідкісними схлипуваннями оповідачки.

В озеро, розбризкуючи воду, заліз Михайлик. В одній руці у нього був шашлик на шампурі, в іншій — пляшка пива. Він зупинився по пояс у воді, пузатий, обвішаний водоростями. А за ним блищали натягнуті над водною гладдю капронові ліски.

Потім він підійшов до нас і розповів, що в дитинстві вони знайшли тут труп жінки, схожий на здутий гумовий човен. Вони ще хлопцями були. І мали катамаран. Пливли по озеру. Лежав зелений гумовий човен біля очеретяних заростей. Він бачив, що то човен, але якось жарко було й нудно, і він сказав, що ніякий це не човен, а жінка, он, мовляв, як її роздуло, а та жовта перетяжка — це лямка від купальника. Заклалися на коньяк. Підпливли. Дійсно, жінка. Роздуло її, давно, напевно, потонула.

— Прибили ми її до берега, я вартую, а приятель пішов телефонувати.

Набагато приємніше спілкуватися з чоловіками, ніж із підпитими панянками.

Михайлик розповів, що зараз нерестяться в'юн та верховодка.

Потім ми відтягли Свєтку до однієї зі спалень, на другий поверх, а мені вони запропонували спальню на першому.

Я зачинила двері.

Спальня була прозора, простора. Через вікно проглядав пильний промінь сонця і розтікався по смолі соснових стін. Два ліжка, застелені важкими пурпурними покривалами, крохмальна постільна білизна, як в готелі. Темно-сині шпалери з букетиками. Втім, точні описи букетиків на шпалерах — забава, гідна тільки Мопассана, і я не стану з ним у цьому змагатися. На стіні висіла картина, що зображувала глухарине токування, і запорошений медальйон з кабанячих іклів.

Я нарешті залишилася одна у кімнаті. Роздяглася й заснула.

Прокинулася, коли вже вечоріло, тихо одягнулася й вийшла з кімнати.

Посиділа на ґанку.

Невдовзі всі теж прокинулися. Свєта вийшла щаслива, з ним.

Ми вмилися з відра, залишили хлопців та пішли варити каву. Виявилось, що спали ми чотири години.

— Ми з ним лежали, обійнявшись, а знаєш, що жінці потрібно? Аби лише лежати, обійнявши його, і більше нічого, нічого, розумієш?

Аніскільки не розуміла. Розуміла, швидше, чоловіків, коли вони втомлюються від жіночого базікання.

Ми сиділи на поляні біля мангала, завернувшись у сірі ватники. Мишко ворушив вугілля. В його волоссі блищала зола (роздував вогонь).

Вечоріло. Скрекотав цвіркун, плямкали під ногами гнилі яблука.

Від'їжджаючи, вони згрібали все у відра — смажені курячі стегенця, шматки м'яса й копчених ковбас, хліб, суглоби з глянсовим хрящем, овочі, хліб, огузки, костреці, горілчані пляшки, французькі булки.

Навкруги були розкидані шампури з чорними прикипілими шматками м'яса.

Ми виїхали на М20.

Я запитала, в якому напрямі Вітебськ. Вони ще раз з цього посміялися і показали напрям. Свєта мене поцілувала й залишила свій телефон в Орші. Порадила бути обережніше.

І вони поїхали до себе в Оршу, місто з річкою Оршицею, притоками Видрицею та Почалицею, з поселеннями бронзового століття та залишками середньовічних будівель.

Ще вранці я і не здогадувалася про існування цього міста.

21

Абсолютна реальність не обов'язково жахлива та пахне парним м'ясом — вона може бути легка й чарівна, як адажіо балерини, але — єдина деталь — чутний грюкіт ніг об підмостки та видно крапельки поту на лобі танцівниці (втім, тільки тим, хто сидить у першому ряду партеру).

Як піаффе виїжджденого коня під чорно-білою вершницею.

Чітко та елегантно.

В дитинстві ця реальність здається такою досяжною, зараз до неї неможливо продертися.

Гуляємо з Настею по території. Її тепер відпускають зі мною на прогулянки.

Омела на деревах схожа на сорочі гнізда.

У Хабаровську омели на деревах не було. У Чирчику теж. Були тільки сорочі гнізда, навколо яких завжди кипіло життя. Тому, побачивши на деревах, тут, у Києві, величезну кількість «сорочих гнізд», я спочатку раділа, а потім відчувала — щось не те. Це були мертві «гнізда», чорні сплутані патли, в яких не було життя. Ніби покинуті міста, ніби нескінченний пташиний Чорнобиль. Уздовж доріг завжди тягнуться ці страшні мертві міста.

Поруч крутиться хлопчик Рома з чоловічого відділення, трохи молодший за мене. Каже, вчився в семінарії. Підсів на «гвинт». Запевняє, що товаришує з багатьма священиками в Лаврі.

Іноді просить у них гроші. А тут він новенький. Вчора зайшов у Кирилівську церкву, розповів незнайомому батюшці, що він з Чернівців, і що хоче покінчити зі злодійським життям — типу, потрібні гроші на квиток.

— І як ти гадаєш? Дав грошей. Дивися.

Крутить у руках папірець. Простягає Насті. Настя підносить його до самих очей.

Виявилось, що вона погано бачить.

Тепер я знаходжу якесь пояснення її дивакуватим вчинкам.

Короткозорі мають властивість перевтілюватися. Іноді, щоб добре роздивитися якийсь предмет, такій людині необхідно абсолютно перевтілитися в нього. Напевно, неможливо стати хорошим ентомологом, не навчившись перевтілюватися у своїх одонат чи лепідоптер. Щоб перевтілитися — треба стати короткозорим.

Зрозуміло, чому всі великі ентомологи підсліпуваті.

22

Праворуч була стоянка.

Я навіть не встигла озирнутися й застебнути наплічник, як пан щільної статури хлопнув своєю «Чайкою», в моторі якої він до того возився:

— Вас підвезти?

— Так, якщо можна...

— До Вітебську?

Я кивнула. У капоті його машини віддзеркалювалися хмари.

— Відпочивали?

— У мисливському будиночку.

Сірі сидіння, запах одеколону, затишно, як у маленькій квартирі, піджак розгойдується на гачку, над заднім сидінням.

Він запитував, скільки коштує такий будиночок на вихідні, чи зручно там, які деталі обстановки. Я щось відповідала.

Розмова завершилася, і він увімкнув якийсь джаз.

Над дорогою змикалися соснові склепіння. Було свіжо і прохолодно.

Він небагато зі мною спілкувався. Слухав джаз. Тримався дещо відсторонено.

Пиво. Раки. 76. 93. ДП. Знов усі ці закусочні, бензозаправки, покриті тентами торговці, вирощені в крузі старих шин чорнобривці, пісок у пожежних ящиках, змарнілі заправники. Їзда в цьому автомобілі навіювала на мене тугу.

Тут автомобіль повернув у ліс. Я заціпеніла.

Водій обернувся до мене, посміхнувся:

— Що, злякалася? Вибач, замислився. Ця дорога коротша.

Ми поїхали по ґрунтовці через ліс.

Показалося місто, причому, ми якось відразу опинилися в центрі.

— Вам у центрі зручно буде?

Вимкнув музику. Попрощався.

І ось він, Вітебськ, місто Марка Шагала.

Ще досить ясно. Хрестом розходяться проспекти, і кудись у місто, у його пащу, веде трамвайна лінія. Площа зі скульптурною групою, спадаючі фонтани. Якось незатишно. Навіть сісти і відпочити там було моторошно та холодно. Я пішла широким проспектом направо. Вечірні панночки повільно прогулювалися тротуарами, людей було дуже мало, ніяких туристів.

Звернула на якісь тихі вулички. Ательє, магазини, двометрові засуви, сплячі вітрини і дуже красиві жінки. На іншій стороні вулиці я побачила довговолосого хлопця. Перейшла на ту сторону:

— Привіт! Ти не знаєш, як вибратися з міста у напрямі Пітера, на М20?

Він зітхнув, наче його відірвали від важливої справи, рухом голови вказав йти за ним.

Підійшов до телефонного автомата і став дзвонити якомусь приятелеві, довго розмовляв, закінчивши, підійшов до мене, махнув рукою вбік, куди йшла трамвайна лінія, обернувся і пішов у зворотному напрямі.

Я рушила вздовж трамвайної лінії. Знову пройшла площу.

Вечірній туман опустився на місто, і крізь цей туман, звідкись ззаду, я виразно почула цокіт кінських копит. Коні немов наздоганяли мене. Я обернулася. Верхи на двох рудих дрібним клусом їхали дівчина та хлопчик. Мабуть, вони поверталися з центральної площі. У руках дівчина тримала цигарку. Потім, коли хлопчик порівнявся з нею, вона передала цигарку йому, і вони дрібно потрусили повз мене, далі, до околиці. Я проводжала їх поглядом до тих пір, поки могла бачити — повз огорожі, з якої вибивалися акації, повз розкішний будинок з плавно зрізаним кутом (такі будували в минулому столітті, щоб розширити перехрестя), повз під'їзд, повз гастроном із червоним фургоном кока-коли біля дверей, повз голубів, що посіли на карнизах та балконах — солодкий провінційний сон, мертві вечірні вулиці та силуети вершників, що віддаляються від мене.

Неможливо було не піддатися чарівливості містечка. Череда будинків, що перемежаються з сараями, водонапірні колонки, качки, що чапають через дорогу, зарослі бур'яном колодязі, мотузяні гойдалки на нижніх гілках тополь. Здавалося, зараз пройде баба з дійницею, і тіні літаючих євреїв промайнуть над голубиними дахами будинків. Глибокий, з придихом, шепіт підворіть — де бути цьому сьогоденню, як не тут? Недивно, що Вітебськ примарився Маркові Шагалу в передсмертну годину, і настала субота, нескінченна субота, з якої не хочеться виходити, де кожне клацання хвилинної стрілки відстрілює вічність.

Я вийшла до зупинки трамвая. Трамвая не було дуже довго, і зібралися люди, з якимись мішками, мамочки з дітьми, один тримав довгу смоктальну цукерку, на нього із-за спідниці косився інший, з бляклими повіками, сонні, погано одягнені підлітки з виразками на кісточках пальців.

Трамвай був якимсь прозорим, їхав по вершинах пагорбів, і видно було небо. Я вийшла через декілька зупинок і потрапила в частину міста, що оточує вокзал. Кам'яні паркани якихось заводів, труби, глухі вулиці. Я пішла по тунельній вулиці наліво, і раптом відкрився вид з пагорба. Міст. Десь західніше пролягала залізниця, але мені хотілося триматися чимдалі від залізниць та вокзалів — це все бруд, смерть, жебраки, каліки, з виразками, піднімають недопалки з плиток, сплять на картоні прямо на підлозі, при виході на перон. Довгі тіні, увиті плющем червоні кам'яні паркани, міст, під ним — кущі, зарості, приватні будинки, внизу біля моста стоять два громадянина та мирно про щось розмовляють, один пригощає іншого цигарками. Вони мене не помічають. Я важко спускаюся з моста.

Біля заводської огорожі — зупинка приміського автобуса.

Берці натерли ноги. Я дістала кухоль, пакет вишневого «Інвайту» й розвела порошок. Гуляли гуси вздовж заводської огорожі, хлопчик хлистав батогом сестричку на запорошеній вулиці. Звернула вантажівка, повна синіх газових балонів.

Я пішла далі через пустирі, стало помітно темніше. На тлі темного неба вималювався костьол, похмурий, як середньовічний замок. На табличці було написано, що це костьол святої Барбари, і вказаний час звершення таїнств. Костьол здавався покинутим і безживним.

Мене вкрай здивувало, що ворота в таку пізню годину були не замкнуті, і я сміливо попрямувала до костьолу, сподіваючись знайти собі місце для ночівлі на одній з лавок. Уздовж усієї стіни, що оточувала костьол, тягнувся файний квітник, до самого будиночка священика. Я з захопленням розглядала величезні троянди найрізноманітніших забарвлень: від карміново-червоної до ніжно-бордової та золотої. Квітки вже закривалися, але дурманний запах, здавалося, досягав самих шпилів костьолу, розчиняючись у вечірньому повітрі. Залишатися на ніч там все ж таки не хотілося.

Потім був обеліск над братською могилою. Вулиця називалася Ленінградською.

Будинок із порожніми очними ямами віконних отворів — крізь них видно ребра балок, через балки перекручений кілька разів довгий дріт, на якому гойдається розбита лампа, косокутно опалі віконні рами. Улоговина, міські пустирі, двоповерховий забитий будинок на краю пустиря.

Мені раптом стало дуже лячно.

На наступній зупинці я вирішила сісти в автобус.

Під'їхав ПАЗ, такий древній, з овальним заднім вікном. На задньому сидінні — людина з обмотаною бинтами рукою. Висока владна татарка зі щучою щелепою. Розв'язні хлопці намагалися приставати до дівиць, ті були вщент п'яні, розуміли це й тиснулися в куток, ховаючись одна в одну. Між тим інстинкт підказував їм необхідність спілкування з цими хлопцями, губи їх були пофарбовані нерівно, кофти скачалися кульками після багатьох прань, очі дикі та залякані, але вони першими були готові напасти.

Люди поступово покидали автобус, я вже розуміла, що наближається кінцева станція. Дівиці косилися на мене і про щось перешіптувалися. Місцевість була глуха. Дорога йшла круто вгору, автобус зупинився — це виявилася кінцева.

Стояти там не хотілося. Йти теж було важко. Незабаром мене підібрала вантажівка. Вони везли дошки на якесь будівництво, сказали, що підкинуть кілометрів на п'ятнадцять.

Коли доїхали до будівництва, попросили почекати, потім ще мали трохи проїхати.

Будівельники звалювали дошки у дворі котельні, біля клумби з квітками календули. Я вистрибнула з вантажівки і чекала на них, сидячи на теплій трубі, обмотаній руберойдом. «Люди діляться на дві категорії» — згадалося мені.

Мене розморило, але я ще була в змозі оглянути околиці. На дверях котельні значилося, що саме за цими дверима починається нірвана. Але можливо, цей напис свідчив про те, що знаходиться навкруги. В усякому разі, прочитавши цей напис, я втратила всілякі сумніви стосовно того, де я знаходжуся.

Отже, що ж таке нірвана? Окрім старої котельні, яку зараз підновляли, в нірвані є ще одна котельня — недобудована — в якій гуляють вітри, що ворушать полин та скіпетри коров'яку, з якої повільно виходять підлітки з червоними очима, крізь верхні поверхи якого пропливають хмари – коротше, котельня, на яку в нірвані не вистачило грошей. У нірвані також є лікарня, німецький фургон із печивом, мінеральною водою та гігієнічними тампонами, маленька синя церква, при котрій раніше поміщався жіночий монастир, з якого (як мені розповів водій) навіть був проритий підземний хід до монастиря чоловічого, а по той бік дороги — згоріла ветлікарня та придорожнє кафе.

В котловані з брудною рідотою плавали дохлі щури.

— Поїхали!

Мене висадили з вантажівки, коли вже майже стемніло.

Це була околиця якогось селища. Нудна череда оптових складів і покинутих червоних фабрик із закопченої цеглини. Винна крамничка під червоним черепичним дахом, мощені великим булижником мостові та залите сонцем футбольне поле, на якому хлопчики грали у футбол. Жінка відв'язувала кіз, що гриміли короткими ланцюгами. Кошлаті клочкуваті боки здригалися, коли мимо пробігали гравці, кози дико волали й стогнали, озираючись у бік обрубаних липових стволів, за якими виднілися двоповерхові жовті будиночки, а далі — озера та лісисті пагорби.

Я почула здалека, як репродуктор атакував у ночі, та й небо якось незвично освітлювалося. Я зрозуміла, що тут намічалася дискотека.

Ніч звального гріха організовувалася на величезному майданчику між трасою і озером, звідкись ближче до озера кричали мегафони, розголошуючи програму на ніч, а ближче до дороги горіло вогнище, величиною, щоб не збрехати, з чотириповерховий будинок. Єдине,

що було дуже доречно: мене не помічали, було багато мотоциклів, підлітків, ніч пластиною зрізувала техно-музика.

Трохи віддалік, біля двох поневічених стовпів із металевими прапорцями вгорі, що позначали вхід до парку, гарцювали мотоциклісти, піднімаючи колесами каскади бруду. Яскраві конуси світла поперемінно вихоплювали фрагменти рельєфів двох величезних ваз-кратерів, втоплених у пишних заростях. Здавалося, що рельєфи зображують подвиги Геракла або сцени Троянської війни, але, придивившись, я побачила мускулисті фігури свинарок і пташниць. Кабан розміром з Ерімантського паскудно вищирявся і пускав слину. На другому кратері зображений був тракторист, такий же мускулистий, як свинарки і пташниці, але з суворим обличчям.

На майданчику, відгородженому мотузками, крутилися піротехніки. Там, вдалині, темнів силует пам'ятника, який важко було не вгадати, — копія солдата з Трептов-парку, зменшена і дещо спрощена, немов обрубана сокирою. Дівчатка вищали, розбігаючись від мотоциклістів. Їх вереск перекривала музика з динаміків і голос сільського ді-джея.

Там було й величезне опудало, яке збиралися спалити, і тільки я пройшла метрів сто далі за вогнище, тільки все залишилося позаду, мене нагнав білий автомобіль, відкривши комфорт і запах свого нутра. Запах був схожий на той, який йде з дуже гарячого фену, коли їм намагаєшся сушити туфлі, за секунду до того, як він перегорить.

М'який, у блискучій чорній сорочці, молодий чоловік нахилився через пасажирське крісло:

— Тебе підвезти? Далеко зібралася?

— У напрямі Петербургу.

На його обличчі відобразився подив. Він зробив тихіше музику.

— Слухай, я розвертаюся, у Вітебськ, поїхали зі мною.

— Я тільки що звідти. Мені там нема чого робити.

Він ще намагався мене вмовити, потім злісно кинув: «Як хочеш», розвернувся і поїхав.

Я пішла далі, невдовзі вогонь та музика залишилися позаду, я йшла і про щось мріяла.

Лінія озер освітлена була вогнищами, що горіли навкруги, і коли я вже відійшла далеко, озера стали наближатися до траси. Так близько, що чулося шелестіння очерету. Простір між темрявою

неба та темрявою землі виділяв сріблясте мертвотне світіння. Небо осявалося вогнищами, і видно ці вогнища було далеко на захід, уздовж усієї звивистої берегової лінії, поки вони не ставали маленькими точками.

Зблизька перекликалися люди.

Біля самої кромки води бродили двоє босих дівчаток із довгим розплетеним волоссям, прибраним квітками білого латаття, стебла якого, розділені на світлі і темні фрагменти, опоясували їх та обвивали їх шиї на кшталт намист. Їх товстун-батько сидів осторонь біля багаття (вони палили автомобільну шину), нарізував оселедця й сьорбав пиво. Тільки підійшовши ближче, я помітила, що у нього немає однієї ноги, а осторонь лежать милиці.

Вони збиралися вечеряти тут і запрошували мене, я відмовилася. Просто сіла з ними відпочити.

Товстун увесь час ворушив пальцями своєї єдиної ноги, взутої у ляпанець, затеклої та червоної.

В очеретах літали чорні оксамитові метелики, тільки коли вони завмирали в повітрі, можна було зрозуміти, що це не метелики, а такі дивовижні бабки.

Смуга протилежного берега виднілася цілком виразно — вогнища, що горіли геть усюди, відбивалися в темній воді, і срібло хмар ще прослизало в похмурому небі. На тлі цих срібних пробливсків чорніли силуети значно віддалених одне від одного крислатих могутніх дерев, мовчазних і зловісних. У цьому святі русалок та мавок вони були головними чародіями.

Дим повалив у мій бік.

Соковиті трави колихалися та відбивалися в просвітах болотяної води, розпарений та задушливий скрекіт надвечір’я наповнював спокоєм серце. Ми розбалакалися. Я сказала, що ми туристи, нас група п’ятнадцять чоловік, але всі ми йдемо окремо, щоб кожен знаходився у своєму ритмі, а зустрічаємося тільки в певних пунктах. Вони дивилися на мене шанобливо, запитували, скільки кілометрів на день проходимо, як ночуємо, як харчуємося. Повідомили, що озеро глибоке, шість метрів, багато рибою і славно тим, що тут гніздиться великий крохаль.

Потім вони продовжили свою бесіду.

Я пішла далі. Нарешті, смуга озер закінчилася й пішли луки та, нарешті, рідка лісосмуга, за якою можна було сховатися. Я спустилася по насипу і зайшла за дерева.

Ніч була тепла. Руху на дорозі видно не було, небо просвітліло, і подув легкий вітерець.

Моє ліжко в ту ніч здавалося мені центром всесвіту. Мені вперше було комфортно й сухо, як у памперсах, я навіть постелила собі пристойне ліжко. Зняла шкарпетки, поворушила пальцями. Вийняла з рюкзака ведмедика і вляглася, притиснувши його до щоки.

Гаснучий вечір над полями. Місячна рівнина розтікалася, як море, до нескінченності. На західному горизонті ще рожевіла молочна смуга, а на сході місячне світло вже сріблило хмари. Беззвучно спурхувала у сутінках нічна міль над трьома високими кущами собачої кропиви, що погойдувалися від вітру і нагадували прибережні пальми.

Let's swim to the moon! Let's climb through the tide!

Сон був таким м'яким, дитячим, я відчула себе знову вдома. Під ранок мені снилися звуки скрипки та олениця з оленятком, що виходять із лісу, цей свіжий уранішній сон непомітно перейшов у день.

Коли я прокинулася, був уже пізній ранок: роса вже зійшла, сонце стояло високо, над травою пурхали метелики. Якраз поряд зі мною пролягла витоптана дорога, лук був строкатим і соковитим, з ніжною молочайною порістю серед жорсткої темно-зеленої трави. Недалеко виднілося квітуче льняне поле.

Я ще довго валялася в ліжку, нарешті, не встаючи, приготувала собі ранковий напій.

23

Настя мене, здається, розлюбила. Сьогодні, коли ми підмітали двір, вона навіть не підійшла.

Стою біля вікна і намагаюся зрозуміти, що сталося.

Викликають до кімнати для побачень.

Зейберман знов не одна. Поряд із нею громадиться старий сивобородий гобіт, величезний, безглуздий, з наплічником, фотоапаратом на груді та металевою тарілкою під пахвою.

— Режисер, — шепоче мені на вухо Лєрка. — Театральний. Зі Львова. Він тут познімати хоче, на території лікарні, в сенсі. Загалом, ми на тебе чекаємо на вулиці, а ти вдягайся й виходь. Тарілку від мангала взяв — вогнище розпалимо десь подалі в парку.

В моїй палаті чекає Настя. Сюрприз!

— Привіт!

Я киваю головою та лізу в шафу за курткою:

— Підеш з нами? У нас щось на кшталт пікніку.

— Знаєш, мені дуже сумно сьогодні. Не хочу ні з ким розмовляти.

— Ніхто й не примушує.

Загадково посміхається і йде, так ані слова і не сказавши.

Наздоганяє мене, коли я вже виходжу. Санітарка відмічає нас у журналі.

Я знайомлю всіх із Настею — і ми вирушаємо. Попереду, неначе він усе тут вже розвідав, крокує наш гобіт. Ми пірнаємо в зарості топінамбура і спускаємося схилом, оминаючи Кирилівську церкву. Піднімаємося на інший пагорб і, нарешті, знаходимо відмінне містечко.

Гобіт дістає з наплічника целофан, термос із чаєм, підстилки, плед, коробку з тістечками, вино, бутерброди, банку помідорчиків-чері. Лєра допомагає йому розстелити целофан.

— Вчора хотіли влаштувати пікнік на Гончарці, на честь мого приїзду, так через півгодини до нас під'їхала кінна міліція. «З того будинку, — кажуть, — на вас стуконули, згортайте вогнище». І показує точнісінько на той будинок, де я народився та прожив велику частину життя. Ну, не може такого бути! Навмисно тепер цю тарілку взяв. На тарілці — і безпечно, і проблем із законом не буде.

Всі разом збираємо сухі гілки й кидаємо в тарілку. Гобіт розпалює вогнище.

Настя сидить на розкладному стільці з прямою спиною, наче жердину проковтнула, і роздивляється пагорби.

Дим несе мені в обличчя. Я пересуваюся ближче до Лєрки.

Відкупорюємо пляшку вина.

Гобіт стоїть над нами зі своїм келихом у руці — не любить сидіти — розповідає історії, поправляючи кучері:

— Яковченко взагалі не просихав. Уявляєте, йде такий Яковченко. Уявляєте собі Яковченко?

— Ні.

— Ви взагалі старі фільми дивитеся хоч іноді?

— Еге ж, — я витягую зі скляної банки помідорчики-чері, один за одним.

— «Вечори на хуторі…» дивилися?

Киваю головою. Настя посміхається — на її щічках викреслюються інтеграли.

Скоса поглядаю на курячий салат у пластиковій коробці. Лєрка сьогодні розстаралася.

— Пам'ятаєте, той, якому галушки до рота летіли? Так це й є Яковченко.

— Він ще у фільмі «За двома зайцями» грав.

— Та пам'ятаю, звісно.

— Отож слухай, приятель мій мав грати Гамлета у випускному спектаклі. Стоїть він у коридорі, готується. Бачить, крокує метр. Він опускається на одне коліно, простягає в долонях шпагу: «Благословіть!» — каже. Ну, той пом'явся: «Благословляю. Вчися, — поцмокав губами. — Грай. І ГОЛОВНЕ — НЕ БУДЬ БЛЯДДЮ!».

Як гаркне. Витріщив очі. Я сміюся. Настя, здається, лякається. Знову проковтує жердину й сидить нерухомо, туплячись удалину.

Лєрка знала, як підняти мені настрій. Вино нестримно скінчується. Я налягаю на бутерброди.

Гобіт про щось розповідає далі.

Тепер сміється сам. Розливає чай по маленьких стаканчиках.

— А зараз постановки бувають рідко. Маю час на подорожі. Ви знаєте, що ця лікарня є найбільшою психіатричною лікарнею в Європі? Не знаєте? Давно мав бажання тут познімати.

— Так, давайте вже збиратися, — Лєрка знову кудись поспішає. — А то як не знайдуть наших дівчат, так потім випускати перестануть.

Гасимо вогнище, збираємося. Лєрка згортає целофан. Настя до останнього сидить на стільці. Не допила свій чай. Я витягаю з її пальців стаканчик.

Знову вибираємося до корпусів. Бродимо по алеях. Гобіт фотографує церкву, кутову вежу, відділення для епілептиків.

— Коли неправильно виставлений баланс білого, жахливі речі можуть творитися. Баланс білого, по суті, це відповідність тих кольорів, які ти бачиш, тому, що в тебе виходить на знімку. Гайда сюди, подивися.

Підходжу. Він вказує мені на екрані Лєрчин портрет на тлі церкви.

— Так слухай, якщо баланс виставлений невірно, на твоєму знімку люди перетворяться на мерців — жовті обличчя, сині обличчя — багато мерців. Ти сам маєш встановити, що для тебе еталон білого, і тоді все обертатиметься навколо цього еталону.

Ми підходимо до рожевувато-сірого корпусу за колючим дротом. На вежі охоронця вже включений прожектор, хоч до вечора ще далеко.

— Коли ти вирішуєш, що для тебе є еталоном, картина життя змінюється. Начебто стільки білого навколо. Але якщо я візьму за еталон білого он ті хмари, від цього прожектора поллється теплий жовтуватий колір, картинка стане такою затишною, таємничою. А якщо я виставлю білий по стіні ось цієї спостережної вежі, то світло залишиться холодним, а небо стане мертвотно-синім, гнітючим.

Він показує обидві картинки на екранчику. Насті стає цікаво, і вона заглядає гобітові через плече.

— З мораллю, мені здається, та сама історія, — різким рухом руки він відкидає назад волосся. — Якщо вже тебе не влаштовує автоматичне балансування, настає такий момент, коли баланс білого доводиться встановлювати самому.

Його пауза стає багатозначною. Я з докором дивлюся на Лєрку. Вона люто мотає головою.

— І тоді тільки від тебе залежить, чи з'являться мерці. Багато мерців.

Несподівана репліка Насті примушує мене здригнутися.

Ми зім'ято прощаємося. Йдемо на вечерю.

24

І знов околиці міст та селищ. Пустирі, зарослі травою бедлами, інвалідні будинки та майданчики для собак. Мийки для машин, знов пустирі: пустирі, відгороджені парканами, бетонними кубами та дротом, обковані вагончиками пустирі, що відводять за горизонт, пустирі, що перетворюються на заміські рівнини.

Десь недалеко від тих озер підібрала мене червона автівка з мурманськими номерами. Єдине, чим водій займався в дорозі — він відрізняв мурманські номери від інших та вітально сигналив землякам. А з одним навіть їхав на обгін — вони періодично обходили один одного і довго гуділи.

Водій запитав, куди мені, я відповіла, що в Пітер.

Він аніскільки не здивувався, хоча до Пітера залишалося ще далеко. В мене на карті була відмічена дорога через Псков, Підбрів'я, Чапельку, Заплюсся, а він звернув вже після Опочки. Збирався їхати через Новгород, щоб потім висадити мене в Чудові, на трасі з Москви, а там вже поруч, казав він, година їзди.

На північ, на північ — до меж високостовбурного лісу. Це дуже світла частина подорожі. В нього був дорожній атлас і ще одна величезна карта. Я в цих картах просто закопалася, коли він визначив мені роль штурмана.

За національністю він був туркмен, але дуже довго прожив у Мурманську. Розповідав про важке життя рибалок північних морів. Зовнішність у нього була не дуже рибальська — він був схожий на одного нашого гістолога, в якого з рота завжди тхне гнилою рибою. І коли він дивиться, то прямо в очі, і нахиляється низько, і погляд у нього такий, з-під брів, але оскільки волосся вистрижене нерівно, картинка виходить комічна.

Його сина я не запам'ятала, як звали, але цей місяцеликий хлопчик був напрочуд схожий на Богдана, і я все намагалася дивитися на нього крізь дзеркало — він спав на задньому сидінні. Одягнений хлопчик був у синю сорочку з жовтими ластовицями. Модний фасон часів мого дитинства. Там був такий безлад: ковдри, сумки з їжею, подушки, розсипані картопляні чіпси та книжка Остера з огидними ілюстраціями, закладкою до якої служила кримська фотографія, де вони вже встигли засмагнути. Хлопчик був такий коричневенький. Батько сидить у плавках та окулярах на набережній Ялти, а хлопчик стоїть поруч і тримає в руках мавпочку. Коли папа попросив його познайомитися з тітонькою, він навіть не приділив тітоньці достатньо уваги. Назвав своє ім'я і відвернувся.

Туркмен аніскільки не здивувався тому, що я їду так далеко.

— Усі молоді верблюдиці такі, намагаються піти зі стада, вештаються пустелею від стада до стада, шукають, — він протиснув два пальці між червоною шиєю та сальним, несвіжим коміром картатої сорочки, кілька разів провів від кадика до хребта й назад. — Хвилюватися за них не потрібно. Молода верблюдиця залишиться там, де народить перше верблюжа.

Невдовзі ми під'їхали до межі, де стояв справжній гармидер — трейлери, легкові, гуркіт, зойки. На узбіччі, біля шашличної, на лавці сиділи дві дівиці, представниці покоління, чий підлітковий вік припав десь на початок восьмидесятих. Вони були такі потаскані, але привабливі й щасливі, у безглуздому одязі та якомусь вінтажному взутті, що залишилося, схоже, саме з тих підліткових часів: на одній були сині сандалі з ремінцями, обмотаними пластиром, на іншій — тупоносі шкільні туфлі.

Вони зупинили нас. Одна підскочила, стегна обв'язані червоною кофтою, щось стала йому казати. Він був їм дуже радий, оскільки розумів, що з ними його чекала б веселенька ніч. Вони побалакали, він кивнув головою на мене, дівиці посміхнулися та побажали мені успіху в подальшій подорожі. Потім довго махали нам з узбіччя.

Седан туркмена вторгся в північні простори Росії. В дорозі я то дрімала, то, знову розбуджена сонцем, дивилася в дзеркало на хлопчика. Казала, що люблю ахалтекінських коней. Він мені розповідав, що зараз у Туркменії багато здичавілих ахалтекінських табунів, і що його брат якраз займається тим, що відловлює памолодь і продає буквально за копійки.

Розповів, як у дитинстві він узимку, по снігу, теж утік до діда в сусіднє село.

Всю дорогу, крім того, щоб стежити за мурманськими номерами, він під'їжджав до кожного базару, прицінювався та накуповував оберемками всіляку хрінь: столову зелень, моркву — пояснюючи це тим, що в Мурманську все разів у п'ять або в сім дорожче, і що потрібно привезти подарунок дружині.

Кар'єрні поля, неохайні осичняки, суходільні луги.

Дощ.

В'їхали в новгородську землю, все стало холодним, суворим. Нас оточили хоромні ліси. Запахло травою та річковою водою. Повз нас пропливали величезні зруби-тереми — я ніколи не бачила таких осель. Слалися низькі хмари, і мені раптом здавалося, що я в одинадцятому столітті...

Ми заїхали в Новгород і відразу потрапили до старого міста з боку вокзалу. Відразу згадалися кадри, зняті оператором Тіссе, музика Прокоф'єва, епічність, бутафорські шоломи тевтонських лицарів. Через вікно я роздивлялася новгородців.

Туркмен надовго вийшов і не з'являвся, а я спостерігала, як юнак випускного віку, такий відпрасований, пухнастий, ввічливо сперечається зі своєю матусею.

Ми сиділи удвох із хлопчиком, і нарешті він почав мене вивчати своїми мигдалевими очима. Я робила вигляд, що не помічаю. Туркмен повернувся і покликав нас до ресторану.

На першому, цегляному, поверсі розташувався безперервний ряд дзеркальних вікон, що відкривалися по нижній осі. У закритих вікнах можна було бачити тільки відображення своїх ніг. Вікно відкрилося всередину, і моя фігура, відбита у ньому, витягувалася в повний ріст.

Ми піднялися на другий поверх.

Тепло і тісно. Зелені крісла з підковоподібними вигнутими спинками. На кожному столику лампи з синіми абажурами на пузатих фаянсових ніжках. Покриті лаком стельові балки й картаті штори створювали певний затишок.

У ресторані стояв терпкий запах. Тут знаходилося декілька насуплених чоловіків, які мов за командою повернули на мене голови, та декілька жінок.

Сіли за столик. На синій картатій скатертині в простій склянці стояв сухий верес.

Туркмен вийшов. У глибині залу, біля невеликої естради, сиділи цигани. Вони пили чай і закушували, завішавшись маслянистими смушковими кучерями. Як для циганів, вигляд вони мали дуже похнюплений та строгий. Мені спочатку навіть подумалося, що цигани ці бутафорські, несправжні — аж надто лисніли червоні сорочки на чоловіках, а в жінках не було й сліду одвічної кочової втоми.

Я роздивлялася величезного старого цигана, складеного міцно, але напрочуд пропорційно та вправно. Поверх сорочки вдягнений на нього був чорний муаровий жилет, розшитий стразами. До мене нечутно підійшов офіціант і стояв мовчки, чекаючи, коли я зволю, нарешті, звернути на нього увагу.

— Вони кожного вечору виступають у нас. Вечеряють. Платять небагато, але їм вистачає. Бачите того бородатого, в чорному жилеті? У нього велике горе.

Офіціант вже втомився стояти навитяжку поряд із нашим столиком, але сідати я йому не пропонувала, і він продовжував стоячи.

Жили вони далеко на південь звідси, цілим селищем, і була у Рошки дочка, красуня Іліфа — найгарніша дівчина в їхньому селищі. Вийшла вона заміж за цигана на ім’я Даілі. Всі жителі селища вважали їх брак священним. У них є така легенда про Іліфу та Даілі, вічних та нерозлучних коханців, похресників самого Господа Бога та Святого Петра. Ці двоє були немов тими Іліфою та Даілі — жили вони разом п’ять років, і кохання їх квітло, і ніколи не мали постаріти найкрасивіша циганська жінка та найшляхетніший чоловік. Але одного разу він поїхав у місто і зник, шукали його, шукали, а через тиждень приїхав брат Іліфи. Казав — зв’язався Даілі з міською жінкою. Немов тінь впала на обличчя Іліфи. І ось повернувся Даілі з міста. Наступного ранку із диявольським криком, з розплетеним волоссям вбігла Іліфа до батькової хати й впала навзнак. Не змогла вона пробачити Даілі — зарізала його. І цигани покинули своє селище. Цигани хоч і дикий народ, а ніколи не залишаються жити там, де відбулося вбивство. Прокляв циган дочку страшним прокляттям, прокляв і рід Даілі, через те, сказав він, що відвернеться тепер Господь Бог від циганів, бо навіть його улюбленці зрадили один одного. Все могло статися з цими коханцями — навіть смерть. І Господь Бог зі Святим Петром так саме воскресили б їх. Але що вони можуть, коли коханці самі зраджують один одного і вбивають? А Іліфа бродила селищем, нічого не пила, не їла, та незабаром лягла вночі під потяг, що проходив мимо, й загинула.

Під час розмови туркменський малюк мовчки переводив погляд з мене на офіціанта і назад. Підійшов його татко і таки зробив замовлення.

Чоловіки, що складали контингент харчуючихся, так і поглядали на мене увесь вечір, перешіптуючись, а я, в свою чергу, спостерігала за циганами. Молодик із вусами, що ледве намітилися, бринькав на гітарі.

Хлопчик сидів під настінним світильником, зараз він так був схожий на того, кого я кохала, що я не могла відірвати від нього погляду. Він уже став доброзичливим, виспався, ставив мені питання про різні речі, і виявився на рідкість кмітливим. Він скоса поглядав на цепелін, намагаючись розібрати, що ж це за таке.

— Знаєш, що це?

— Ні. А що?

— Дирижабль, знаєш, така літаюча штука.

— Знаю, знаю! — просяяв малюк.

— Отож слухай, це свинцевий дирижабль, металевий, розумієш?

На його обличчі відбилася внутрішня боротьба.

— Як же він тоді літає?

— А от літає... Хочеш, подарую?

Хлопчик розплився в посмішці.

Я зняла цепелін і подала йому. Він міцно стиснув його і ще раз посміхнувся.

Тато намагався на нього цикнути, але хлопчик навіть не помічав цього.

Принесли картопляне пюре з огірковим салатом та біфштекс, гарячий, политий соусом. Він казав, щоб я не соромилася, що його це нескільки не напружує, йому навіть приємно повечеряти в товаристві милої сеньйори. Звідки він цього набрався?

Ми всі швидко розправилися з їжею, не по-ресторанному, випили мерзенний чай, витерли губи серветками й вийшли. Малюк встиг завозити лікоть у гірчиці, і тепер батько його сварив. Мені стало тепло, дрімотно, я майже засинала в машині.

Мене дивувала повна відсутність імпресії в погляді туркмена. Коли ми крутили по Новгороду в пошуках виїзду, на якомусь проспекті цим своїм риб'ячим поглядом він злякав жінку. Під'їхавши зі спини, він різко відкрив дверці й не встиг ще нічого запитати, тільки поглянув — і вона втекла.

В якомусь придорожньому магазині він нагнав своїх мурманських приятелів, з якими вони їхали наввипередки. Ті накупили їжі й намагалися вирішити, де розташуватися на ніч. Один з них сказав, що тут недалеко військовий аеропорт, він там колись служив, а поруч є затишний пансіон.

Ми їхали до цього пансіону кілометрів п'ятдесят.

Розташовувався він біля озер. У світлі ліхтарів блищала, відбиваючись в озері, величезна трикутна призма пансіонного ресторану, що ніби придавила собою низенький перший поверх, додатково її підтримували чотири масивні опори.

Свіжопоголений газон полого тягнувся до автомобільної стоянки. На високих флагштоках тріпалися строкаті прапори. Скляний коридор під акуратним ґонтовим дахом вів до іншої такої призми, тільки поменше, і видно було, як по коридору ходили люди. Чоловіки пішли домовлятися.

Ми з хлопчиком вийшли з машини і побрели до невеликого дитячого майданчика, відгородженого праворуч від входу. Весь майданчик складався з двох гойдалок і невеликої гірки, змонтованих в одну лінію, і був освітлений одним ліхтарем. Ми підійнялися на гойдалку.

Якоюсь абсурдною здавалася ця пауза в нашій подорожі. Далеко на заході ще яснішав сивий відблиск у хмарах, але зірки вже були видні по всьому небу. На горизонті спалахнув ланцюжок вогнів, і ми сиділи на майданчику, залитому асфальтом до всіх меж нескінченності, позіхали та ховалися від вітру.

Ляскав тент трейлера, що стояв поруч, і гримів ланцюг собаки, яка охороняла територію пансіону.

Туркмен дізнався, що ліжко коштує п'ятнадцять доларів, і вирішив ночувати в машині. Його друзі залишилися в пансіоні.

Від'їзд. Лопнули білі плямочки криптонових ліхтарів, відбившись на мокрому багажнику нашого автомобіля — і ми знову помчали на північ.

Чорні гілки дерев розтинали небо.

Водій наш бурчав, скаржився, що гребе своє життя, як галерний раб, і навіть не може дозволити собі гарненько відпочити.

Вони розклали крісла та влаштувалися в машині.

Я розташувалася поруч, у молодому сосняку.

Пітер був вже близько.

Не спалося.

25

Штуцер виписують у п'ятницю. Вона сидить за сусіднім столиком зі своєю мамою і трясе над вухом консерви, чомусь невдоволена тим, що вони «хлюпають». Мама із заклопотаним виглядом відкриває бляшанку і перекладає шматки риби на тарілку. Штуцер тиче в рибу виделкою, розламує шматки та їсть.

Вони знов удвох. Папужки-нерозлучники. Сьогодні її волосся туго заплетене в косу та укладене, як в Одрі Хепберн у «Римських канікулах», на самому початку фільму. Елегантний плащик перекинутий через руку.

— Слухай, ти через нас не дуже розхвилювалася? — здається, аспірант узяв на себе працю поцікавитися моїм станом виключно на прохання Лєри. — Тобі ж не можна зараз хвилюватися.

— Ні, все нормально. Твоя терапія на мене відмінно діє. Я вже майже все згадала.

— Та невже?

— Завтра допишу. Скок може пишатися своїми аспірантами.

— Серйозно? Ти не жартуєш?

— Не жартую. Просто не знаю, що тепер робити.

— Ще не знаєш?

— Не знаю. Намагаюся відрегулювати баланс білого.

Лєрка посміхається. Аспірант нічого не розуміє.

— Речі якісь є для прання?
— Зараз принесу. Тільки нічого більш у них не шукайте.

Її таки виписують. Диво якесь! Цікаво, напевно, це вважається нормальною поведінкою. Щоб тебе виписали, потрібно трясти біля вуха консервною бляшанкою.

Вони йдуть. Дощ вже закінчився, але з козирка ґанку ще падають краплі.

Після вечері прямую до душової.
Стою перед дзеркалом, направляючи бризкальце дезодоранту собі під пахву — дивлячись у дзеркало, немов Персей у свій щит, і витягаючи шию убік, щоб не дай боже не бризнути в око. Не люблю бризкаючи дезодоранти — не те що не люблю — побоююся. Звикла до кулькового. Але тут кульковим користуватися не можна — обов'язково хтось схопить спробувати, а я якось гидую.
Забагато страхів.

26

Я прокинулася. Точніше, на черговому перериванні сну помітила, що вже досить ясно, щоб прокидатися. Комарі, вологість. На п'яту ніч я вже якось пристосувалася й навіть почувала себе досить добре.
Щоб не занадто дошкуляли комарі, я будувала з ковдри лабіринтоподібні складки, що відкривалися дихальцями назовні.
Врешті-решт, ховатися набридло. Я скинула ковдру і потягнулася.
Живіт худий, сухорлявий, як у Джелло Біафри, тож бодай ремінь і застебнутий на останню дірочку, все одно джинси бовтаються. Наплічник валяється неподалік.
Пішла розводити вогнище. Хоч і попадалися усохлі соснові гілки, але вони погано віддиралися від живих. Усе наскрізь було сире, сплутане, в павутинні. Набрала сирих гілок — тільки подряпала руки. Кинула біля ліжка. З кишені наплічника витягнула пігулку сухого пального. Сірники. Сухі. З третього сірника запалила пігулку — вона горить, а сирі гілки навіть не займаються.
Сиджу, грію руки.

У червоному седанчику з мурманськими номерами ніхто ще не ворушився. Знайшла залишки вишневого «Інвайту», висипала в кухоль. Вода в пляшці ще залишалася, до неї домісилися тонкі сухі травички та хлібні крихти, концентрат розчинився погано, але все це мені довелося ковтнути.

Доки я складала речі у наплічник, в автомобілі заворушилися.

Туркмен вийшов. Я бадьоро підскочила і всілася на переднє сидіння. Місяцеликий хлопчик все ще спав. Ми мовчки вирулили на московську трасу, ще трохи проїхали, і водій висадив мене в Чудові.

Побажав доброї дороги й поїхав собі в Мурманськ.

Я вирушила у бік Пітера. По обидві сторони дороги — рубані хати. Ранок. Повітря сире та прохолодне, пахне травою. Йшла, поки не закінчилися хати, і зупинилася метрів за сто від останньої будови. Кинула наплічник на асфальт і наділа окуляри з круглими стеклами. Автомобілів проїздило багато, як у бік Москви, так і у бік Пітера.

Трейлерів майже не було, і я намагалася зупинити всіх поспіль.

Загальмував невеликий синій фургон.

Я підбігла:

— До Пітера підкинете?

Водій кивнув борідкою, акуратною такою еспаньйолкою з сивиною. Він нічого не запитував, нічим не цікавився і увесь час мовчав. Можна було просто спати. Але я вважала за краще дивитися у вікно і мовчати у відповідь. Пітер наближався, я відчувала його солоний вологий запах, розірване викриками чайок небо.

Водій слухав пітерське «Радіо 1».

Їхали ми досить довго, але поїздка здалася мені лише коротким передихом.

Водій ненадовго вийшов біля околичних ставків, вмився та повернувся в машину. Він зупинив фургон біля найближчої станції метро, а сам поїхав прямо.

Я зайшла до скляної будівлі станції. Під куполом людей не було, вони повертали й щезали там, де гуділи ескалатори. По станції ходив старичок, схожий на дворецького, і спостерігав за тим, що відбувається.

Підозріло на мене покосився.

Вийшла на вулицю. На гранітній паперті вже сварилися жебраки. Я зупинилася біля виходу й дивилася на трамвайну зупинку та на людей, що поспішали до метро з будинків, розташованих поруч.

На ходу в мене майже врізався огрядний чоловік у рогових окулярах з товстими лінзами. Один з тих, котрі люблять напускати туману недосвідченим юним ослицям, які тягнуться за їх морквою з усією довірливістю див та відвертістю любительок сучасного кінематографу і театру (бо такі пани найчастіше виявляються кінознавцями або театральними критиками). І жахаються, опинившись якось уранці в забризканій жиром кухні маленької квартири, яку критик цей, заховавши в скриньку окуляри та браслети, у відвислій тренувальній майці, ділить по телефону з колишньою дружиною.

Прийшов старий у в'язаній шапці, розклав недалеко від мене дерев'яний столик, а потім він став розташовувати на столику газети і звернувся до мене:

— Доглянете, будь ласка, я зараз повернуся.

Жебраки почали лаятися зі старою, яка торгувала малиною. Та отруїла їхнього колишнього собаку, і тепер вони голосно вимагали від торговки шанобливого поводження з їх новою сукою.

Старий повернувся.

Одночасно підійшов якийсь трамвай. Двері його розчинилися, і звідти стали виходити люди.

Я подумала, чом би мені не поїхати на цьому трамваї, адже байдуже, куди він мене завезе. Все краще, ніж тут стояти. Я підбігла і стрибнула в трамвай.

Трамвай був напівпорожнім. Шість годин ранку.

Через прохід сидів молодий чоловік і читав книгу. За ним я вирішила орієнтуватися, де буде краще вийти, щоб не поїхати на круг і не повернутися, але побоювання виявилися марними.

Наш трамвай обігнали велосипедисти, потім вони звернули на проспект — блискучі, обтічні, гладкі, розцвічені сонцем. У вузьких загострених шоломах, схожих на шкаралупу маньчжурського горіха.

Попереду мене розташувалася жінка в шифоновій сукні з малюнком із коричневих гострокутних гілочок — крізь тканину виднілася жирна спина, перехоплена широкими лямками бюстгальтера.

Ми проїхали повз Балтійський вокзал.

Старенькі обговорювали, де краще купувати молоко і що вони готують на сніданок своїм онукам. Сонний онучок тримав у руках фанерний аероплан.

Раптом виявилось, що ми їдемо вздовж каналу. Я вийшла побродити набережними: Фонтанка, широкі канали, вузькі, затягнені водоростями та відображеннями вранішніх будівель. Над каналами вилися чайки, сирі птахи, вони сідали на чавунний парапет і білими бризками крізь вікна та карнизи будинків злітали до похмурого неба.

Прохолодний, вологий, ранковий, свіжий запах водоростей та шурхотіння сплесків.

Я влаштувалася на лаві під крислатим деревом. Недалеко почувся перестук каблучків.

На лаву поряд зі мною сіла пані з величезним сенбернаром на повідку і почала розмовляти з двірником, тихо, щоб не потурбувати мене, не порушити мого завороженого заціпеніння.

Я малювала у блокноті ранок, що пробивався крізь чавунні візерунки парапету. Напевно, довго, тому що двірник, пані та сенбернар зникли.

Горобці косилися на мене увесь час, поки я сиділа — підскакували ближче, цвірінькали між собою, відлітали подалі. Кинула їм крихт. Горобці тут якісь маленькі, заморені, на вигляд здаються хворими, і дуже багато серед них покалічених зимовими холодами.

Поклалася на свою інтуїцію і почала рухатися вбік Невського проспекту, не задаючись, втім, метою швидше туди дістатися. Мене зустрічали глухі загадкові вулиці без єдиної людини, будинки без дверей і з дуже високими вікнами. Ніби йдеш поміж двох масивних стін величезного замку розміром із місто.

Здавалося, увесь рекламний простір Пітера купила фірма KOFF. Її рекламні полотна були скрізь, навіть у самих непідхожих для реклами місцях.

На Ісаакіївський площі знайшла стенд із детальною картою Петербургу.

По периметру скверика — розсохлі кущі та лавки, встановлені півколом, щоб добре можна було оглядати собор. На лавках відпочивали іноземні гості, петербурзька старенька читала книгу, біля собору кричали торговці сувенірами. Я зайняла лавку ближче до кінної статуї Миколи Першого.

Будівля через площу від «Асторії», була затягнута зеленою маскувальною сіткою — її реставрували. На сітці висіло величезне полотно теж із рекламою KOFF. На полотні вирізані були кружечки, і при щонайменшому подиху вітру вони загиналися всередину — виходило, що полотно рябить, ніби річка. Біля зелених

сіток метушилися будівельники з вузькими очками, схожими на зернятка кмину.

Я закинула голову на спинку лави і просто відпочивала, закривши очі. День займався жаркий. Це відчувалося вже з ранку. Здавалося, що я в цьому місті вже вічність. Японські туристки фотографувалися та пили сік.

Свою останню воду я випила ще вранці.

Мені надокучило сидіти. Я обійшла собор. Біля північно-західного фасаду стояли ряди високих автобусів, з них виходили групи іноземців, безтурботно цвірінькаючи та радіючи незрозумілою радістю.

По Малій Морській вийшла на Невський і сама не помітила, як підійшла до Казанського собору. Повільно тягнувся фаетон, до якого впряжений був гнідий кінь. Я розташувалася в скверику біля фонтану й роздивлялася людей. З усіх боків кричали мегафони: «Запрошуємо вас у захоплюючу подорож... Ви відвідаєте... Автобус від'їжджає о... Проходьте та займайте вільні місця».

Через акуратні кущі не було видно східців собору. Ставало все спекотніше й спекотніше, натовп випльовував яскраві плями одягу та безліч блискучих мокрих облич. Люди здавалися такими літніми, свіжими, легкими в прохолодному одязі, в невагомих шовкових сукнях.

Поряд із собором розташувалася закусочна на колесах, розмальована прапорами Сполучених Штатів, там за ленчем проводили час худі клерки з контор, розташованих поблизу. Я пройшлася півколом, уздовж колон. Біля однієї колони на сходинці сиділи двоє дівчат, старших за мене, вдягнених, як за часів Вудстока — в довгому одязі з бахромою та бісерними прикрасами, біля них лежали картини, обв'язані мотузкою.

На східцях розгортався санкціонований комуністичний мітинг, продавали пропагандистські газети, і щось кричала в мегафон фанатична жінка з усіма ознаками сексуального незадоволення на обрезклому обличчі. Навколо неї скупчилися поважні старички та незмінні юнаки з затримкою психічного розвитку і таким самим фанатичним блиском в очах.

Знов повернулася на лавку і стала дивитися на дівчинку, яка сиділа і читала книгу. Потім до неї підійшов красивий довговолосий молодий чоловік з електрогітарою в кофрі. Вони посиділи, побалакали та пішли по Невському.

Теж захотілося пройтися. Біля Гостинного Двору юрбилися політично освічені громадяни. Анархісти під чорними прапорами продавали газети, нацисти стікалися до Єкатерининського скверу. За нарукавними пов'язками виділялися два підвиди — червоний трискель у одних, у інших — сучкувата кельтська свастика. На Аничковому мосту біля кожної статуї кричали фотографи та верещали туристки, коли їх підсаджували на постамент.

Повертаючись до Казанського собору, я нагнала процесію, більшість з учасників якої були загорнуті в довгі помаранчеві одіяння. Вони били в свої барабани й дзвеніли маленькими тарілочками, ритмічно підстрибуючи. Дівчина у блакитному сарі пропонувала купити «Бгаґавад-ґіту». Вона тримала за руку дитину, на лобі якої було щось накреслено, а один молодий чоловік все просив заглянути в його рот і подивитися, чи не їв він глини. До мене він звернувся з таким самим проханням, але коли я відмовилася, він розсердився і злісно закричав, що я боюся побачити там всесвіт. Я зупинилася, притулилася до парапету, що обрамлював вхід до підвалу аптеки, і спостерігала, як процесія проходить мимо, дівчата у шовках різних кольорів: яскраво-червоних, пурпурних, кольори дзьоба гірського гусака і кольору базиліку, піднебесних шовках і шовках інфернальних, на їх головах — тонкі покривала, зібрані в дрібні складки.

Ще довго було чутно, як вони бродили по Невському. Жара до цього часу досягла апогею. Я вже не могла різко рухатися, щоб перед очима не поплили кола. Йти більше нікуди не хотілося. Біля фонтану плескалися діти. Поряд зі мною на лаву сіла молода матуся з малюком місяців трьох, не більше. Йому було жарко, він червонів, морщив личко й незадоволено розмахував руками.

Довелося набрати води у фонтані. Вода була каламутна, зеленувата від водоростей. Я жадібно пила цю гидку солодкувату воду, а з сусідньої лави за мною уважно, не приховуючи здивування, спостерігав громіздкий мандрівник в оксамитовому жилеті та з біноклем на череві.

Звідкись набігли туристи. Прямо переді мною встав чоловік із детальною картою Австралії на спині — фотографував собор — в районі Еліс-Спрінгс розпливалася пляма поту.

Мені захотілося заснути, я відкинулася на спинку лави, закрила очі, і в ту саму мить свідомість почала мене покидати, але я ще встигла зміркувати, що в такій позі я виглядаю зовні, як труп.

У мене знайшлися сили здригнутися, я сіла, ширше розставивши ноги, зчепила пальці, оперлася ліктями на коліна і трохи нахилилася, ніби дивлюся в землю. Не знаю, чи можна назвати це сном, можливо, це була суміш хворобливого сну, теплового удару та сонячних концентричних галюцинацій.

Опритомніла я теж від сонця, організм струсило почуття реальної небезпеки, я взяла наплічник і попрямувала до східців собору. Від собору віяло прохолодою. Залізні східці теж були прохолодними. Добре було сидіти в тіні. Я сіла вище і притулилася до колони. На далекій стороні півкола, праворуч, десь між колон, влаштувалися молоді хлопці та двоє дівчат з дрібнесенько завитим довгим волоссям, як ото гілки верби наприкінці квітня. Ще одна дівчина повільно прогулювалася вздовж колон, її стегна обв'язані були величезною шаллю, в руках вона тримала квітку. Її думки, здавалося, піднімалися ввись та обплітали холодні колони.

Підійшли троє хлопців, двоє з них з гітарами, мені особливо сподобався один з них — такий молодий вагнерівський бог — кучеряве світле волосся, блакитні очі, великі вії. Ми сиділи на сходинках і базікали про музику.

Раптом усе потемніло в очах. Я хлопнула жартівника по руках — це міг бути тільки Ольховський. Незмінний зморшкуватий хлопчик. Він м'яко посміхнувся, зняв окуляри і подивився на мене ласкавим басетовським поглядом. Як завжди акуратно вдягнений і вичищений, до ременя пристебнуті всякі потрібні речі — фляжка, ніж.

Нахилився і поцілував мене в щоку:

— Дісталася? Ну, слава богу, слава богу, — казав він із щирим полегшенням. — Я теж добре дістався. Вже три дні тут. Вписку знайшов.

Ми обійшли будівлю.

За собором знаходився затишний скверик. На лавках сиділи парочки, п'яниці у хатніх капцях. Зовні скверик захищений був високими чавунними ґратами.

— Ведмедика не загубила? Я тобі віддав, такого плюшевого. Де він?

— Зі мною, в наплічнику.

Ми підійшли до двох лавок, що стояли одна проти одній у тіні крислатого дерева. На лавках розташувалися четверо. Вони грали в карти. Хлопець у бандані подивився на мене й усміхнувся:

— Андрійку, ти, може, нас з дівчиною познайомиш?

До того моменту гра скінчилася, і всі зацікавлено на мене подивилися.

— Це Саша. Вона теж з Києва, — прохолодно вимовив Ольховський.

— Я — Браво. Можеш звати мене Максом.

— Олексій! — схопився молодий чоловік у камуфляжі.

— Поручик, не заважай мені розмовляти з дівчиною.

Поручик засмучено скривив свого гарненького рота й сів на місце. На якусь мить усе затихло, адже істота, що притиснулася до кута лавки, вимовила уривистий звук. Я подивилася на істоту в брудному тільнику. Поручик попросив її замовкнути і більше голосу не подавати. Я тоді ще не зовсім розібрала, якої статі була ця істота, але коли Поручик назвав істоту брудною сукою, статева приналежність її була визначена.

Істота посміхнулася і сказала, що її звати Марго. Це було низького росту м'ясисте створіння, жирненьке тільце якого обтягував пітний тільник із пропаленими дірами. На ногах були чоловічі брюки та якісь туфлі. Голова її була коротко підстрижена — так, без всякої концепції, обличчя неначе надуте, але не повністю, як куля, а як у маленької свинки, поркіпігівське таке, але від нього тхнуло не рожевим здоров'ям, а отруйною сморідною парою. Марго постійно посміхалася. Безглузда та добродушна істота, вона притиснулася до лави та більш не видала ані звуку.

Макс дістав пляшку коньяку. У нього на голові, як і у мене, була пов'язана бандана. Обличчя розбите — ледве підсохлі подряпини на носі, щоці, над верхньою губою. Нещодавно, напившись, він впав обличчям на тротуар. На тільнику — «пілот» — чорна льотна куртка з помаранчевим підбиттям. На зап'ястку — напульсник.

З кишень Поручика тієї ж миті з'явилися дві склянки. Пили по колу.

— В тебе о котрій потяг? — запитав Макс у Поручика.

— Через дві години.

— Так тобі вже скоро йти.

— Та ні, я ще за вином встигну збігати, потім додому зайду, речі прихоплю.

— Ну, диви, не запізнися.

— Далеко їдеш? — запитав чоловік з випинаючими різцями.

— Телеграму прислали. З матір'ю щось погано. Пишуть — нічого не розбереш.

Друга склянка постійно була у Марго, тому що кожен підозрював у неї сифіліс, але вголос ніхто казати це не наважувався, за умовчанням склянка залишалася в неї. Коли чоловік з випинаючими різцями наливав їй коньяк, вона вчепилася в шийку пляшки й сильніше її нахилила.

— Тільки, коли йтимете, ви мене тут не кидайте, якщо я знов нап'юся. А то знов прокинуся вночі десь тут у кущах із розбитою пикою та без штанів — і додому не підеш. Пам'ятаєш, Максе, як ти через ці ґрати перелазив — довбанувся? — коли вона це казала, з її обличчя не щезала ця поркіпігівська посмішка. Вільною рукою вона увесь час ялозила штанину.

— Я через ці ґрати чотири рази перелазив, і тільки того разу впав — п'яний був. Нічого, живим залишився. Бачиш, у мене обличчя обідране? Я, напевно, страшний, але нічого, невдовзі мине. Це буває, знаєш, коли нап'єшся, тротуари на тебе кидатися починають. Очі в тебе красиві. А якого кольору — не зрозумієш. Чи зелені, чи сірі, або неначе жовті, з поволокою, тепер знов зелені.

До лавки підійшов п'яниця з порожньою склянкою, його почастували коньяком і він пішов. Потім компанію покинув Поручик. Лавки пустіли. Ольховський не зводив з мене сумного погляду.

— Ну що, ходімо до мене?

Ми виринули зі скверика й пішли уздовж каналу. Перейшли через Банківський міст із золотокрилими сфінксами. Десь у дворах відірвалися від Марго.

— Давайте сюди.

Через підворіття ми вийшли до величної шестиповерхової будівлі.

Тонконога маслакувата дівчинка в картатій сукні пухирем стогнала біля гойдалок, потираючи забиту кісточку. Її братик, такий саме рудий і крапчастий, витягувався та, розставивши руки «суперменом», стрибав із гойдалки в пісок.

Уздовж сірої стіни повільно брела чорна псина, що вивалялася в липких тополиних бруньках.

Прямо проти підворіття були високі двері, але Макс сказав, що нам не туди, а в той під'їзд, що праворуч, врівень з вікнами. Біля дверей цього під'їзду поміщався величезний колесовідбійник, схожий на кнехт. Справа я побачила ще одні високі двері, стиснуті невиразними півколонами. Двір був невеликий, темний, в такому будинку можна жити вічно, не маючи ніякого уявлення про навколишній світ. Сюди не проникав ніякий шум, двір не потрапляв у ритм міста, а скоріше живився шепотом та нічними сплесками каналів.

Нас зустріла величезна кішка. Вона лежала біля кнехту й поглядала на прибульців, нервово підіймаючи хвіст.

У під'їзді було темно.

Макс закрив ґрати ліфта. Ліфт гойднувся, і вниз поплили поверхові перекриття.

Ми трохи забарилися біля важких двостулкових дверей, прикрашених різьбленими дерев'яними гірляндами, помітні були сліди того, що двері неодноразово вибивали.

Макс довго не міг знайти ключі.

Двері відкривалися в темний поперечний коридор, повний усілякого мотлоху, з якого я змогла розгледіти тільки притулену до стіни чавунну ванну. Її неможливо було не помітити — як тільки заходиш, упираєшся прямо їй у черево; десь вдалині, праворуч по коридору, слабо світився дверний отвір, ми йшли в напрямку до нього і увесь час спотикалися та прислухалися до того, як скриплять мостини.

Через дверний отвір (дверей, власне, не було) ми потрапили в довгу кухню, закопчені стіни якої були обплетені сіткою водопровідних труб. Єдина лампа високо під стелею ледве освітлювала приміщення. Вікон не було, але через те, що світила лампа та два сині снопи полум'я над конфорками, по стінах тремтіли страшні похмурі тіні — на мотузках, протягнутих по всій довжині кухні, сушився одяг та рушники. Тут було тепло та сиро, як у підвалі.

— Даремно все ж таки ви конфорки не вимикаєте, коли йдете.

— А навіщо?

— Ну, а як раптом пожежа.

Макс тільки махнув рукою.

Праворуч від входу поміщався умивальник із проржавілими трубами та гнилою раковиною. Над умивальником — дзеркало без будь-якої оправи, справа — поличка з порожньою картонною коробочкою від зубного порошку, шматком господарського мила та рудим курячим пером, забризканим мильною піною.

Бляшанка з чистячим засобом та запорошена дротяна мочалка.

Ольховський критично оглянув санітарний куточок, хотів ще

щось сказати, але втримався. Я так зрозуміла, що йому вже два ранки поспіль доводилося тут умиватися.

До стіни був прикріплений акуратний зошитовий аркуш, і красивими друкованими літерами на ньому було написано:

СМІТТЄВА МАШИНА ПРИЇЗДИТЬ О 7.45 ТА 18.15. АДМІНІСТРАЦІЯ

По краю аркуша була прокреслена рамочка.

Між умивальником і плитою, уздовж усієї стіни простягнулися два великі столи. Той, що ближче до умивальника, був дещо відсторонений від стіни, бо за ним поміщався склад великих та маленьких тазів, відер та щіток. До кришки столу, оббитої роздутою фанерою, притулений був величезний синій таз.

На столі, що ближче до комірки, стояв повний зім'ятого паперу та пакетів з гірчицею хлібник та безліч тарілок.

Комірка, відгороджена шторою, вела до кімнати Мітчелла.

Макс кивнув на обідрані двері з вибитими дошками:

— Хазяїн рідко з'являється. Раз на два тижні переночує, гроші забере — і знову в запій. А оце моя кімната. Заходь, влаштовуйся. Зараз ще Мітчелл підійде.

В кімнаті Макса стояв такий запах, ніби тут нещодавно глянсували фотографії — запах мокрих газет та гарячого глянсувальника.

— Діставай, — Андрійко зітхнув, сумно переводячи погляд з Макса на мене.

— Що?

— Та відчепися ти від неї, дай людині роздягтися. Кидай рюкзак сюди. Курити будеш? В мене ще п'ятка залишилася.

Максиму належала не занадто темна кімната. Велике вікно закривали важкі жовті штори. На внутрішній стороні дверей замість ручки було пристосовано кермо від Мерседеса, причому, прироблене воно був так, що його можна було крутити.

Я кинула наплічник на підлогу і не втрималася від того, щоб не крутнути кермо.

— Мітчелл на день народження подарував, взагалі-то він подарував цілий Мерседес, але я по п'яні втопив його в Неві, а в кермо так вчепився, що коли мене рятували, не могли відірвати.

— Годі вже плести дуба, ти п'ятку обіцяв, так діставай.

— Тобі, хіба, обіцяв? Ревнуєш?

Ольховський скривився. Я всілася в жорстке зелене крісло з кривими підлокітниками та жовто-коричневим покривалом із бахромою. Один підлокітник надтріснув.

— Нічого собі, п'ятка — півцигарки.

— Я скромний. І завжди даю більше, ніж обіцяю.

Макс із посмішкою подивився мені в очі.

Цигарка потріскувала. Ольховський довго тримав дим у легенях.

— Видихай, поете! Саш, паровоз будеш?

Доки Макс видихав у мене дим, Ольховський відчайдушно жестикулював, намагаючись показати, що теж хоче паровоз.

— Сам тягни, поете. Але, але… після мене.

Докурили. Я сиділа в кріслі й не могла поворушитися.

Розмовляти я після цього теж зазвичай не могла.

Між Максом і Ольховським проскакували електричні розряди ворожості.

— Ну, розповіси нам щось про поезію.

В його проханні відчувався виклик. Ольховський, здається, цього не розумів, він ніби злетів кудись до покритої пліснявою стелі:

— Поезія — це квінтесенція людського існування.

Він прикрив повіки і гудів, неначе читав мантру.

— Вона передається від покоління поколінню, як гарячі вуглинки в долонях.

Макс зосереджено кивав.

— Поезії мало.

— Мало, згоден, більше не було.

Ольховський навіть не почув репліки у відповідь.

— Вона спалює шкіру, спалює папілярні візерунки, лінії долі та життя, але вона дихає! Шрі Ауробіндо називав Шекспіра парабрахманом, що «обмежив самого себе ім'ям та формою Шекспіра».

— Ауробіндо — чувак! Безумовно! «Бог творець — абсолютний Шекспір існування», — Макс знову мені посміхнувся. — До речі, Шекспір теж марихуану покурював.

— Ця інтерпретація сімдесят шостого сонета досить спірна.

Хлопчики явно не могли розслабитися. Мені здавалося, це через мене.

— А зіскрібок з його трубок?

— Саш, ти чого мовчиш?

— Подейкують, Шекспіра взагалі не було. Тобто, Шекспір — це був зовсім не Шекспір.

— Ну, звичайно. Це ж був парабрахман, — Макс зареготав. — Абсолютний Шекспір існування.

Я не зареготала. Я відкинула голову та відлетіла.

Прийшовши до тяму через якийсь час, я пішла обстежувати книжкові полиці. Макс лежав на ліжку, дивлячись у стелю. Ольховський сидів, притулившись до стіни.

У буфеті, на засклених полках, зберігався посуд, маленька пачка індійського чаю та книги.

Самвидавницький Шрі Ауробіндо в зеленій палітурці (я вже зрозуміла, що вони його нещодавно читали), Едгар По, Амброз Бірс, кілька томів Бальзака та «Улісс» Джойса. Поруч валялися інструменти і всякий мотлох — молоток, плоскогубці, магніти, ганчірки, болти, алюмінієві шашечки та величезний дев'ятидюймовий цвях.

У коридорі почулися кроки, квапливі, здавалося, що людина майже біжить.

Нарешті, тінь затулила дверний отвір. Макс схопився та обійняв за плечі того, хто увійшов:

— Мітчелле, ти? Щось ти так довго.

— Я, блядь, довго. Курити не треба було. Довго. А цього мудака взагалі вбити замало. То що, привезла вона?

— Так, все нормально. Довезла, гаразд, заспокойся.

— Що нормально? Довезла. А могла б не довезти. Капець, суко, що робиться!

Він обернувся до Ольховського:

— Нахєра ти це все дівці скинув?

— Маєте дякувати, що я взагалі з цим зв'язався. Кольчевський, той відразу відмовився. А я все правильно зробив.

— Чого ти на Кольчепу наїжджаєш? Сам засцяв! Скажи, засцяв. Правильно, блядь, він зробив, підорас.

— Мітчелл, заспокойся, не чіпай Андрійка. Андрійко молодець, усе організував.

— А якби вона на Казані не з'явилася? Якого їй взагалі тебе було слухати — на Казань пертися!

— Та їй нема куди було, по любому. Потусувалася б день по Пітеру — все одно би прийшла.

— А якби назад постопила? Ну ти, суко, мудак! Якби її на кордоні взяли, вона би все одно тебе першого здала!

— Не взяв би її ніхто! Ніколи! Я тобі кажу — він без запаху!

Його жоден собака не учує. У лабораторії визначити неможливо, в розчині — нуль! Нічого! Сама вода!

— А що ж ти сам засцяв?

— Блядь, поїхали по другому колу! Задовбали, все, Мітчелл, досить! Давайте краще подивимося, що там у нас є.

Раптом усі вони одночасно згадали про моє існування. Я вже здогадувалася, про що йде мова, але ще не могла зміркувати, чого від мене чекають.

— Рюкзак давай, — Ольховський казав це майже пошепки.

Нарешті він сам схопив наплічника й почав викидати звідти речі. Дістав ведмедика і кинув його на стіл.

Стіл був покритий жовто-зеленою скатертиною в коричневу клітину, такою шорсткою, що осоружно було провести по ній рукою. На ньому стояла велика бляшанка з-під кави, в якій зберігалися сухарі, цукорниця та заварювальний чайник. Над столом висіло ще декілька загроз «адміністрації». Ліворуч приклеєна була порнографічна картинка, на якій зображений був молодий чоловік у СС-овській формі, перед яким навколішки стояла чорноволоса красуня і робила мінет.

— Давай, чого ти чекаєш? Показуй, що там усередині.

Ольховський дістав ніж і встромив його в іграшку.

Зробив розріз. Мітчелл із Максом схилилися над столом.

— Дійсно, гранули. Прикольний. Цікаво, хто з них таке вигадав?

— Менше знаєш — міцніше спиш. На скільки, ти казав, цю гранулу розводити?

— П'ятнадцять літрів.

— Якась нісенітниця. Давай, хоча б десять.

— Краще не експериментувати. Дозування має бути дуже точним.

— Тебе не запитали, поете. Ти хоча б раз у своєму житті щось розводив? Тож і не балакай. Йди краще зроби кип'ячонки піввідра.

— Піввідра — це п'ять літрів.

— Не сци, тобі кажуть. Ми кропалик роздерибанимо — якраз на піввідра. Нахєра нам відро, ми потім задовбаємося його фасувати тут.

Мітчелл витягнув з кишені шприц і підняв його до світла:

— І навіщо він із такою товстючою голкою взяв, скотовбивця?

Мітчелл сунув шприц Ольховському і підійшов до ведмедика.

— Баночка є? Ось ця підійде.

Він викинув сухарі з кавової банки прямо на скатертину.

Доки Ольховський з Максом возилися на кухні, Мітчелл акуратно пересипав гранули в кавову баночку.

У мене трохи закрутилася голова. Я прилягла. За ліжком стояла етажерка, на якій поміщалися шахи. Білі були всі, у чорних не вистачало дві тури та двох пішаків. Пішаками, мабуть, служили магніти. Однією турою був маленький бронзовий дракончик із круглою пащею та косими очима, другою турою — запальничка Zippo, на якій був вигравійований кондор.

Мітчелл із Максом щось гріли, кришили, сперечалися.

Я взяла зі столу розпатраного ведмедика і повернулася в ліжко, притискаючи його до себе. Хотілося плакати. У мене так буває через якийсь час після того, як я покурю.

Здається, я заснула.

Опритомнівши, виглянула у вікно. В тріщині між будинками тонув захід. Вони ще чимось гриміли. Незабаром зашли до кімнати.

— Не спиш?

Я похитала головою.

— Бруд якийсь. Немає ватки, щоб через ватку набирати?

— Де ти тут бруд бачиш? Усе стерильне. Вмажеш його, Макс?

Ольховський сів у крісло, Мітчелл всівся навпочіпки в дверному отворі та спостерігав за тим, що відбувається. Ольховський із страждальним виразом загорнув лівий рукав сорочки й погладив свою оголену руку.

— Що тепер? — він, здавалося, теж був засмучений.

— Руку перетягни йому!

Макс зняв із себе широкий шкіряний ремінь і затягнув його на руці Ольховського, вище ліктьового згину.

— Роздулися. Горілки принеси, — звернувся він до мене. — Там, у кухні, на столі стоїть.

Я принесла йому цілу склянку. Макс зробив кілька ковтків, намочив пальці та змастив місце на руці, куди збирався колоти.

Макс узяв шприц і швидко, не коливаючись, увіткнув у руку Ольховського.

— Потрапив, ні? Кров має бути, якщо потрапив.

Він потягнув поршень на себе, і в шприці з’явилася темна фіолетова кров.

— Є кров.

— Ну, з богом!

Макс чомусь дуже квапливо вводив рідину, тому на руці Ольховського тієї ж миті роздувся пухир, вище за те місце, куди він колов, і ставав він все більше. Макс запанікував та більше вганяти не став. Він так само квапливо висмикнув голку. По руці Ольховського хлинула фіолетова кров, вона закапала на край крісла та на підлогу.

— Кров венозна, а я був подумав, що у вену не потрапив, злякався. Витри з нього кров, будь ласка! Ремінь я ослабив, і вводив ніби повільно.

Мітчелл байдуже стежив за його маніпуляціями. Я плеснула в долоню трохи горілки та стала стирати кров з Андрійчиной руки. Тепер мої руки були в крові. Я пішла в кухню, щоб їх відмити.

Коли я повернулася, Ольховський розтирав здуття. Голос Макса, що лунав із темряви, зміцнів та надбав наказового відтінку.

— А я що казав? Ну, пухир — не пухир, а щось потрапило, зараз почнеться. Тільки крісло кров'ю закапав.

Мітчелл піднявся і підійшов до Ольховського. Той вже відкинувся на спинку крісла і ні на що не реагував.

— Нічого зробити сам не можеш. Уся кімната в крові.

— Сім крапель усього, я порахував!

— Ну, давай тепер я тебе вмажу.

— Почекай, я хоч подивлюся, що з поетом буде.

— А що з ним буде? Давай, тоді дівчину? Вмазати?

Мітчелл дивився на мене своїм скляним поглядом.

— Я не колюся. Не хочу.

— Випий тоді. За компанію. Що, стремаєшся?

— Та ну, Мітчелл, ми і так ризикуємо з дозуванням, а пити це взагалі ніхто не пробував.

— Не гони біса. Я пробував. Вставляє охуєнно. Якщо вже так — виблює — і все.

— Все одно ризикуємо, чесно кажучи, це не той «білий», з яким можна було помилятися в дозах, якщо хочеш собі проблем — давай! Потім сам гадатимеш, що з нею робити. Краще, я не знаю, в ясна втерти. Нехай крапне на палець та втирає. Це точно не вб'є. Але, хєр його знає, потім що робити.

— Добре, гаразд сцяти. Ложку нехай оближе. Ложку їй принеси облизати.

Макс приніс мокру ложку. Мітчелл підійшов і подав мені ложку, ніби льодяник:

c EA 2 01 9

— Візьми просто оближи. Та не бійся, маленька, чи що?

Я лизнула.

— Та чого ти сциш? Оближи нормально. Ось, молодець. Сиди, сиди, а краще ляж.

— Нехай краще сидить. Раптом блювати зараз почне.

Макс сів поруч і обійняв мене за плечі.

Спочатку нічого не було.

Потім раптом — тисячі крижаних цикад. Спалах десь під діафрагмою — і все.

Подальше я пам'ятаю погано, якимись фрагментами.

Мітчелл розтирає мені стопу:

— Лежи, лежи.

У нього в руках шприц.

Я закриваю очі.

— А що буде, якщо вона відкинеться?

— Та викинемо десь нахєр. Хто її шукати буде. Труп без документів.

— Мітчелл, давай їй поменше вколювати. Воно тобі потрібно?

— Суко, а як я знатиму, по скільки фасувати? Цей мудак від двох кубів щось швидко прочумався.

Я знову провалююся.

Повзу по стінах. Намагаюся знайти туалет. Чомусь натикаюся на Кольчепу.

— Ти тут?

— Тут, тут, ти чого? Туалет? Давай, я тебе проведу.

Потім мене нудить — блюю надривно, від самого дна, каламутні кільця прориваються крізь моє тіло, випльовуючи в жерло унітазу сміттєві образи соборів, дворів і каналів, як від горілки — чистий шлунковий сік зі згустками, схожими на сперму. У маренні галюцинацій здається, що я вихаркую сперму з самого свого нутра, змішану зі спогадами, піснею, вагнеровським блакитнооким гітаристом та губною гармошкою: «O, Mother, tell your children not to do what I have done!». Здавалося, всередині ляскають усі мої порожнечі — шлунок, вагінальна труба, пухирі, сечові та плавальні, серце і бог знає що ще.

Мені дуже погано, але я вже опритомніла.

Я сиджу на краю унітазу і вмикаю реле старої пральної машинки.

Коли цокання припиняється, я запускаю реле знов.

Двері туалету раптом відкриваються. Мітчелл бере мене за пахви і тягне на кухню.

Блідий Ольховський ледве тримається, притулившись до одвірка.

Макс наливає в склянку горілку:

— Пий!

— Ні, не можу.

— Дурна! Макс, я триматиму, а ти лей. Музику увімкніть, а то, сука, зара підніме ґвалт.

Мітчелл міцно хапає мене за волосся і припечатує мою голову до стіни.

Я горлаю.

«О тебе узнал я во вчерашнем странном сне», — звучить музика з магнітофона.

Ще один удар.

— Та замовкни ти, сука!

З носа тече кров.

«Всё, что я увидел, будет вечно жить во мне».

— Що за хєрню ти знов увімкнув!

Кров гаряча, тече по верхній губі, потрапляє до рота.

В ніздрях хлюпає.

Як у дитинстві. Я терпіти не можу мити голову. Не тому, що від шампуню щипає очі. А тільки тому, що коли мама змиває піну, тепла вода заливає ніздрі. Мені лячно і я кричу.

Але зараз я не кричу. Я тільки стискаю зуби. Вислизають обривки якогось фільму про часи військової хунти в Аргентині.

Ще притискає до стіни. Я не чиню опору.

«Ворвался в это небо, я вспомнил, где я не был, о чём мечтал».

«Мєчтал… Мєчтал…» — лунає в моїй голові чомусь голосом Богдана.

— Давай вже!

Знову щось заливає мені ніздрі, саднить глотку. Горілка. Макс заливає в мене горілку. Я не чиню опору і ковтаю. Ковток. Ще ковток. Ковтки відміряють час замість ударів серця. Я заспокоююся. Вони, напевно, навіть не чекали. Розмазують горілку по моєму обличчю. Витирають, здогадуюся я. Фосфоресціюють згасаючі знаки та букви. Я провалююся знов.

Мене трухнули. Здається, я лежу на підлозі. Голова стукає об підлогу. Я відчуваю щокою, що підлога холодна. Це дещо витверезжує.

В очах пливуть криваві склоблоки.

— Наплічник.

— Пішов нахєр, наплічник.

— Гаразд, нехай забирає. Приймуть її десь — п'яна й годі. Не труп же ж, кому вона потрібна?

— А якщо…

— Ні, вже все, якщо прокинулася, більш нічого не буде. Горілка так, для запаху. Випила, побили алкаші. Менти ще додадуть. Чепа зараз відвезе подалі. Теж, суко, мудак. Приїхав. Нахєра ти мені тепер потрібний? Засцяв, так вали назад до свого Києва.

— Почекай, хоч розкумариться.

— Та з ним усе добре. За годину буде готовий їхати.

Складаю розкидані речі в наплічник. На ліжку лежить ведмедик, я беру його до рук, притискаю до себе і плачу. Почуваю себе п'яною алкоголічкою, що притискує дитину.

Беру наплічник і виходжу в кухню.

Мене хапає Кольчепа. Тримає за плечі та кудись веде.

— Кольчепо, як ти тут?

— Прилетів. На крилах. До Києва їдеш? Тільки стій, не падай, поводься чемно. Покладу тебе на задньому сидінні — спатимеш.

Траса М20 прокручується у зворотному напрямку, але в моїй свідомості це зовсім інша дорога.

Я не розумію, чи сниться мені все це, чи дійсно це відбувається. Вогні за вікном. Засинаю і знов розплющую очі. Іноді в моїх руках опиняється стаканчик із кавою, я п'ю маленькими ковтками. У колонках позаду мене гримить якась музика.

Розмічальні смуги зливаються й розходяться, перетворюються на пунктир і зникають. Дерева зближуються, розступаються, їх крони то змикаються, то відкривають небо.

Знову ніч. Помаранчеві ланцюжки вогнів на пагорбах. Ми в'їжджаємо в місто.

Машини зупиняються на світлофорі.

Блискітки вогнів повільно рухаються уздовж чорного багажника «Тойоти», що пригальмувала попереду.

Світяться вікна та вітрини міста.

Мене висаджують на пустинній вулиці. Машин немає. Раптом з'являється ясне відчуття, що йде війна. Тому на вулицях анікого. Намагаюся зупинити випадкову машину, перегороджую їй шлях. Машина зупиняється. З неї виходить водій. Щосили штовхає мене. Я падаю на асфальт і вдаряюся головою.

Потім з'являються лікарі. Мабуть, хтось викликав «швидку».

В темряві ночі — війна. І ані найменшої ознаки того, що наближається світанок.

Десь о пів на смерть.

ЗМІСТ

Олена Мордовіна

О ПІВ НА СМЕРТЬ

Роман

Директор видавництва *Тетяна Ретівова*
Редактор *Сніжана Мала*
Коректор *Сніжана Мала*
Макет обкладинки *Костянтин Мордовін*
Графічна робота на обкладинці *Ігор Селеменєв*
Графічні роботи, використані
в якості ілюстрацій до роману *Ігор Селеменєв*
Оригінал-макет *Микола Шемет*

Формат 60х90 1/16. Ум. друк. арк. 10,7
Підписано до друку 15.03.2023.
Замовлення №

Видавництво «ФОП Ретівов Тетяна»
вул. Мала Житомирська, д 8, №3, м. Київ
тел. (096) 538 51 15
e-mail: kayala@ukr.net
Свідоцтво суб'єкта видавничої справи
ДК № 5016 від 24.11.2015 р.

Друк: ФОП Лопатіна О. О.
www.publishpro.com.ua
тел.: +38 044 501 36 70
Свідоцтво суб´єкта видавничої справи
ДК № 5317 від 03.04.2017

www.ingramcontent.com/pod-product-compliance
Ingram Content Group UK Ltd.
Pitfield, Milton Keynes, MK11 3LW, UK
UKHW022003190726
13853UKWH00004B/1696

9 786178 014193